君がオーロラを見る夜に

いぬじゅん

角川文庫
22094

目次

【第一章】恋はしないと決めていた

【ノルウェー】

11月2日（月）

旅に出ることになったのは、いくつもの偶然が重なった結果だった。

『ノルウェーに行ってみようかな』と何気なくつぶやいた言葉が、伝言ゲームのようにいろんな人に伝わり、いつしか決行を目標に動き出していた感じ。

こうして飛行機に乗っている今も実感なんてないまま。

照明が落とされた機内にはエンジンの低い音がＢＧＭみたいに響いている。

あと五時間でデンマークのコペンハーゲン空港に到着するそうだ。

そこから最終目的地を目指し飛行機を乗り継ぐ。

次にこの日記を書く時にはノルウェーに到着していることだろう。

ひとりの旅は、ふたりの旅。

実在はしなくても、今も心にいる君と旅をしている。

そう思えば、少し不安が消える気がするよ。

さあ、僕たちの旅に備えて少し眠ろう。

まだ見ぬオーロラを夢見て——。


コペンハーゲン空港は、雨のなか紺色に沈んでいた。

美しい夕暮れが見えると聞いていたのに、大きな窓の向こうにひっそりと佇《たたず》む機体、空は夜みたいに暗い。

外の気温は分からないけれど、デンマークの空気を感じることなくこのまま飛行機を乗り継ぐ。

海外旅行は初めてのことなので自分の行動に自信はないし、行き交う旅行者は背の高い人だらけで萎縮《いしゅく》してしまう。

日本を出発したのは昼過ぎだった。壁にある大時計は午後五時を指している。そんな短い時間でヨーロッパに到着するはずはなく、時差が八時間あるせいだ。

十二時間近く空を飛んで来たのだから日本は今、日付が変わったころだろう。

赤色のパスポートを握りしめ、入国審査の長い列に並んだ。人々の顔は一様に疲れをにじませている。きっと僕も同じ顔をしているんだろうな。

　もう少し機内で眠れるかと思ったけれど、昼間のフライトだったせいでうとうとを数度くり返す程度。さらに隣に座った白人が僕の二倍はありそうな巨体。身を小さくしていたおかげで体中が痛い。

　数個しかない入国審査の窓口に長蛇の列。乗り継ぐだけなのに入国審査をする理由は分からないけれど、きっとそういうものなのだろう。

　まだまだ時間はかかりそうだ。気だるい雰囲気が低い天井あたりに漂っている気がする。

　頼りないバックパックを肩から降ろすと、幾分軽くなった体が疲労をリアルに実感させる。そしてまた、ため息。

　デンマークに入国しても目的地であるノルウェーまでは何時間もかかる。日本を離れてずいぶん経つのに僕の旅はまだはじまっていない。

　少しずつ進む列で交わされる外国語の会話。それが英語なのかどうかも分からない。他にも日本人がいるかと思ったけれど、今のところそれらしい人は見当たらない。

　やることもないのでパスポートのページをパラパラとめくってみる。

　――市橋悠希《いちはしゆうき》

　僕の名前とローマ字、左にはメガネをかけ不機嫌そうな顔写真が印刷してある。さらにページをめくると、成田《なりた》空港で押された出国のスタンプがひとつだけある。

　まさかひとりでノルウェーを目指しているなんて、少し前の僕なら考えもしなかっただろう。

『いつか、ノルウェーにオーロラを見に行こうね』

　君の軽やかで甘い声が聞こえた気がした。そんなことあるはずがないということは嫌というほど身に染みている。

　何度も幻聴を耳にしていれば、いつしか人は慣れてしまうもの。生活の一部かと思うほどに、いつだって耳を澄ませば君が話した言葉がすぐそばで聞こえるよ。

　そしてこの幻聴を手放したくないと思う自分がいるのもまた事実なんだ。

オーロラを見に行きたいと願った君。あの日交わした約束は、決してかなうことはない。

　そんなこともう分かっているのに、分かりすぎて痛いくらいなのに、心のどこかではまだあきらめきれていない自分がいる。

　ひょっとしたら君がまた僕の元に戻ってきてくれるかもしれない。そう思うことで今日までなんとか生きてきた気がしている。

　失恋の痛みは癒《い》えても、傷跡がずっと残っている感じ。

　ふいににぎやかな団体がやってきた。楽し気にはしゃいでいるアジア人たちは、少しでも短い列に並ぼうと大騒ぎで駆けてくる。中年の女性がなにか言いながら、うしろ向きのまま近づいて来た。

あ、と思った時には彼女の体が僕の肩にぶつかっていた。思ったよりも激しい衝撃に転びそうになり、かけていたメガネが絨毯《じゅうたん》に音もなく転がった。

「あ、すみません」

ぶつかられたのは僕のほうなのにとっさに謝っていた。女性はなにがおかしいのか大笑いをしたままで歩いていく。

メガネに視線をやると、初老の婦人が拾ってくれたところだった。手渡してくれた女性にただ片手を差し出し、口のなかでモゴモゴとお礼を言い受け取る。

ぶつかっても謝罪もない女性、拾ってくれたのにお礼も言えない僕。どちらも似たようなものだ、と自嘲《じちょう》気味に笑いかけすぐに口を閉じた。

メガネをかけてもまだ視界がぼやけているみたい。いつだってこの世界はピントが合わないまま。

それは、君を失ったあの日からずっと。濁った視界をあきらめるように、目を閉じて生きてきた。

ようやく入国審査の順番が来た。窓口に座る色白の大柄な男性にパスポートを手渡す。にこりともしない男性が手早くパスポートをめくると、厚い紙特有の乾いた音がした。

彼は僕を映す鏡のよう。同じような表情で僕は入国の審査を受けているのだろう。

僕と接する人はいつもこんな顔で眺めてくる。

最初は笑顔で接してくれていた人たちも、いつしかあきらめたような顔になっていく。憐《あわ》れみと軽蔑《けいべつ》と同情がへばりついた顔、顔、顔。そんな人をもう何人も見てきたから。

「Norway?」

男性が目だけを僕に向け尋ねた。

「ノーウェイ？」

聞き返す僕に、

「Yes. Norway」

こんどは一語ずつゆっくりと発音してくれる。ノルウェーまで行くのか、と尋ねているのだろう。

「Yes」

緊張で小さくうなずく僕に男性は鼻から息をひとつ吐き、「So」と言葉を続けた。

「What is the purpose of your travel?」

「えっと……」

思わず日本語が出てしまった。旅行の目的について聞かれていることは理解できても返事が続かない。

——僕はなにをしにノルウェーに向かっているのだろう。

長いフライト中に何度も頭に浮かんだ疑問を改めて問われているよう。

流されるように生きてきた日々に、突然湧き上がった衝動。それは……。

「I'm here for Aurora」

そう、僕はオーロラを見に行くんだ。かなわなかった君との約束を果たすために。

「Good luck」

大きな手でパスポートを返す男性に視線をやると、口元に薄く笑みを浮かべていた。笑みを返せないまま受け取り逃げるように歩き出す。

免税店のまぶしい照明やポップな音楽に紛れても、さっきまで感じていた重い空気がずっとうしろをついてきているようだった。

インフォメーションカウンターの横に大きな木が植えてあった。近づけばすぐに人工の物だと分かったけれど、その葉は紅く燃え、この国の季節が日本と同じだと知る。

そうして、僕は君と出会った日のことを思い出す。

——あれは、山の木々が色を変えはじめた秋だったね。

【日本】

大学四年生というものは、アンバランスだと僕は思う。

授業もほとんどないし、奨学金があるおかげでバイトも適度にすればいい。もちろん親からの仕送りがないと厳しいけれど、今のところ減額される様子もない。『忙しい』と理由をつけて実家に戻らないのが功を奏しているのかもしれない。

退屈な毎日ならばその退屈に浸ればいいのに、社会に押し出されるタイムリミットがチラチラと遠くに見えている。

特に後期がはじまったここ数日は、なにをしていても居心地の悪さをずっと感じている。秋という季節がいっそう気分を落ち込ませるみたいだ。

残り少ない大学生というポジションを楽しみたい気持ちと、遊んでばかりはいられないと戒める気持ちがアンバランスに存在している。

間もなく着火しそうな爆弾をお腹に抱えている感じ。

じゃあ、去年までは楽しかったかと聞かれるとそうでもない。アンバランスなのはこれまでも同じ。

キャンパスのいたるところに植えてある木々が少しずつ黄色や赤に変わっているのを見ながら、中庭のベンチで後期の授業が記された一覧表を眺めている。

必修科目はほとんど終えているので、あとは卒論を仕上げればいいだけ。幸い就職も決まったし、傍《はた》から見ればお気楽に見えるんだろうな。

春に内定をもらった会社も、決まるまではそれなりに必死だったような記憶はある。けれど、実際に入社することになった今、本当にやりたかった仕事かどうかは分からなくなっていた。

どんなことでも考えないようにすれば大した問題じゃないと思える。自己暗示は大切だ。

「お、いたいた」

声に顔を上げると宮崎邦俊《みやざきくにとし》が中庭を突っ切って駆けてくる。最近お気に入りだというブルーのパーカーが傾いてゆく季節のなか目立っている。

「えらく早いね。いつも寝坊ばかりなのに」

「まあな」

ベンチの隣に腰をおろすと邦俊は大きなあくびをひとつした。高校時代から邦俊は変わらない。バレーボール部のエースだった邦俊は、あいかわらずの長身にこれからの季節には寒そうな短髪。女子受けを意識した眉毛《まゆげ》は今日も細く揃っている。

いわゆるイケメンってやつで、高校時代から彼女が途切れたことがない。今つき合っている相手は、先日強引に連れて行かれた合コンでいちばん派手だった子だ。名前は忘れた。向こうだって僕のことなんて覚えていないだろう。自己紹介をした時に目が合ったくらいで、そのあと会話は交わしていないし。

邦俊の右手の薬指にはお揃いで買ったというシルバーの指輪が光っている。

つい先日、入学したような気分でいたのにもう四年生だなんて信じられない。

時間は僕を置き去りにしてどんどん進んでいくようだ。

「悠希はいいよな、ほとんど単位取っちゃったんだろ？　俺なんて今年がいちばん忙しいし。マジで留年とかリアルにありえたりして」

他人事《ひとごと》のように口にした邦俊に呆《あき》れてしまう。

「くには遊びすぎ。サークルも引退したんだし、後期はがんばらないと」

「出た出た。悠希の説教癖」

ボヤくくせに僕の意見はいつも無視。こういうところも昔のままだ。

「そりゃあ説教したくもなるよ。そもそもテストすら受けなかった科目もあるわけだし。怠惰が招いた結果と言わざるを得ない」

「それが親友に言うことかよ。なんなら俺の必修科目手伝ってくれてもいいんだぜ？」

「手伝うってどうやって？」

「まぁ……代返するとか」

「個人カードで出席確認する日もあるし一瞬でバレるよ」

　現実的なアイデアじゃないと分かっているのだろう、邦俊は「ちぇ」とつぶやいて僕の手元の一覧表を覗《のぞ》き込んだ。

「今日はなんの講義？」

「ああ……。『地球物理学』ってやつ」

　一時限目のコマを指さすと邦俊は眉をひそめた。

「なにそれ。理系の授業なんて必要ないだろ。そもそも地球物理ってなんだよ」

「そう言われてもよく分からないんだよね」

　正直に口にすると邦俊はケタケタと体を折って笑った。こういう時、いつも全身を使って笑い転げる彼がうらやましい。

　あ、また卑屈になってしまっている。注意される前に僕も無理矢理笑みを浮かべた。

「よく分からない科目を選ぶなんて悠希らしいな。なんでそんなの受講することにしたわけ？」

　何気なく尋ねた邦俊。一瞬返事に詰まってしまう。

　ごまかすように「まあ」と軽い口調を心がけた。

「オーロラについての授業があるみたいでさ。ちょっと興味があるんだよ」

「……へぇ」

うなずいた邦俊の向こうでは楽し気なグループがはしゃぎながら歩いている。まだ一年生だろうか、初々しさが残る彼らと自分をつい比べてしまう。入学したころより年を重ねていても大人になったなんて思ったことはない。むしろ鉛のようなだるさが日々、体や思考を重くしている気がする。

「あーあ、高校の時に戻りたい」

邦俊はよくこの言葉を口にする。岐阜県で生まれ育った僕たちが出会ったのは高校一年生の春。たまたま同じクラスになっただけなのに、気がつけば気の置けない関係になっていた。

静岡県にあるこの大学への進学も、ふたりで示し合わせたわけではない。僕は一般入試で、邦俊は推薦で入学した。

変な言いかたをすれば、ひとりっ子の僕にとっては双子の兄弟みたいな感覚。

まあ邦俊がどう思っているのかは分からないけれど。また、卑屈が顔を出しているみたい。

「悠希はバイトの数増やしたりするの?」

「なんで?」

「だって暇だろ?　どうせ趣味もないんだしさ」

ひどい言い方だけど図星すぎて反論もできない。コンビニのバイトは週に二日だけ入っている。

「そうだね。それもいいかもしれない。考えてみるよ」

人手も足りなそうだし、シフトを増やしてみるのもいいかもしれない。

「出た。悠希の『考えてみるよ』。絶対うしろ向きにしか考えないやつだ」

がはは、と笑ってから邦俊はパーカーのポケットに両手を突っ込んだままひょいと立ち上がった。

「あー、憂鬱《ゆううつ》だ」

「言葉にすれば本当にそうなっちゃう。今のこの時期を楽しまなきゃ」

「なに言ってんだよ。『あー、憂鬱』は、お前の口癖だろ」

「そうだっけ？」

アンバランスな僕は、邦俊と同じ気持ちなのを隠して励ます。昔から、どちらかがテンションを下げると、もう片方がそれを上げる。そういう関係が長いこと続いている。

「でも今はがんばらないと。遊びはほどほどにして生活態度を改めて――」

人差し指を立てる僕に、

「説教はごめんだ。じゃ、行くわ」

邦俊は背を向けて歩き出す。

長い足で颯爽《さっそう》と歩いていく背中を見送ってから僕も立ち上がる。

地球物理学という科目に気づいたのは三年生の後期だった。必修科目と重なっていたため一年越しで受講がかなったことになる。

――オーロラについて知ることができるんだ。

高鳴る気持ちで歩き出せば、いつもより足取りが軽く感じられた。

「俺は適当だからさ」

開口一番そう言った教授は見た目もしゃべり方も若かった。おそらく三十代半ばくらいか、長い髪をうしろでひとつに結んでいる。細い目をさらに細めニヒルな笑みを浮かべる彼の第一印象は、その発言のせいであまりよくなかった。

「それにしても俺の授業は人気ないなぁ。後期は二十名かぁ。前期より八人も少ない」

『杉浦《すぎうら》』と名乗った教授は、スリムな体型にダボダボのセーターとジーンズ姿。やたら身振りが大きくて洋画に出てくるサブキャラみたい。

見渡すと広い教室にはまばらに学生が座っているだけ。僕は中央より少しうしろの列の端の席に座っている。

ふと、通路を挟んだ隣の席に女子がふたり座っているのが目に入った。いつもならすぐに目を逸《そ》らすか伏せるのに、手前の女子の顔を見たとたん無意識に呼吸を止めてしまっていた。

まだあどけない横顔で長い黒髪の女子はおそらく下級生。知り合いだったわけじゃない。その瞳《ひとみ》に吸い込まれるような感覚と言えばいいのだろうか。

うれしそうに目を輝かせて杉浦教授の話を聞いている姿は教室で目立っていた。いや、それは僕の勘違いだろう。実際、僕以外彼女を見ている人はいなかったから。

なんて楽しそうに聞いているんだろう……。

そんなことを考えている自分に気づき慌てて視線を前に向けた。

まるで一目ぼれしている男子学生じゃないか。罪悪感のような気持ち悪さに湿気あるため息をこぼす。

姿勢を正すと、杉浦教授が右手の人差し指をまっすぐに立てたところだった。

「ちなみに朗報をひとつ。俺の授業は出欠は取らない。つまりテストの結果がすべてだ。難易度はＣってとこ。スーパーファミコンでいえばＦＦ６クラスだな」

しんとした教室を見渡した杉浦教授がおかしそうに笑った。

「スーファミなんて君らには分からないよな。ＦＦってのは『ファイナルファンタジー』のこと。これは分かるだろ？　有名なゲームだし今でも新作が出ている。その六作品目にあたるＦＦ６が俺にとっては難易度Ｃってとこなんだ。ちなみにＦＦ２は難しいからAだ。クリアするのは大変だぞ」

マイペースな性格らしく学生側のドン引きする空気をも楽しんでいる様子で杉浦教授は細い腕を組んだ。

クスクスと声が聞こえ隣を見るとさっきの女子がおかしそうに口に片手を当てて笑っていた。目がカーブを描き、長い髪がゆらゆらと揺れている。

「ちょっとミドリ。静かにっ」

向こう側の席の女子がくぐもった声で注意すると、ようやく彼女は「んん」と咳《せき》ばらいをした。笑いを止めようとプルプル肩を震わせ、そして「ぶふっ」と鼻から息を吐いた。

見ているこっちまで思わず笑ってしまいそう。どうやら明るい性格らしい。自然に口角が上がる感覚は久しぶりのこと。

「ん」再び聞こえる彼女の声。見ると彼女が僕の方へゆっくりと顔を向けるところだった。

やばいと思った時にはもう視線が合っていた。

すぐに逸らせばいいのにできなかった。それは彼女がまだ笑顔のままだったから。

まるで僕に同意を求めるようにさらにおかしそうに笑う姿に、僕はなぜかうなずいていた。

「これでも俺はフェアだから――」

杉浦教授の声に名残惜しい気持ちを抱えたまま視線を前へ戻す。

「一応説明しとくと、地球物理学は奥が深い。地震や海洋、電磁気学などいろんなジャンルが君たちを待っている。とはいえ、網羅するのは大変だしやりたくない。薄っぺらい氷上部分だけを味わってもつまらないからな」

黒板の前を左右に歩きながらひとり言のようにつぶやくが、意外に声は通っている。

「タイタニックで例えるならあの大きな氷山だ。ジャックが海に沈んだのはその下にある部分が原因であることは周知の事実だろう。『氷山の一角』とはよく言ったもので、実際に船は、下の部分に激しくぶつかった損傷により冬の海に消えた」

よくわからない例えが好きらしい。チラッと右を見ると、彼女は何度も大きくうなずいていた。彼女だけが杉浦教授の話を真剣に聞いているようだ。

「だから毎回テーマを決めてその分野を掘り下げて行く。取りあえず、最初は火山についてやっていくつもりだ。あ、テキスト買ったろうけど、参考程度でいいぞ。テストには授業でやった内容だけ出すから。授業にさえ出ていれば誰でも合格できるさ。なんたって難易度Cだからな」

ポイッとテキストを教卓に投げるように置くと杉浦教授がにんまりとまた笑みを浮かべた。

「ふふ」

やわらかい笑い声が右から届いている。まるで好きな音楽のように軽やかで心地いい。やさしくてどこか懐かしささえ覚える声。笑うたびに揺れる黒髪。

胸が、まだ騒がしかった。

授業が終わると学生たちはぞろぞろと教室を出て行った。迷いながら僕は教壇で大あくびをしている杉浦教授のほうへ進んだ。

どうしても聞いておきたいことがあったのだ。杉浦教授は僕に気づくとあからさまに顔をしかめた。

「なんだよ。クレームなら学生課に言ってくれよな」

「いえ……クレームじゃありません」

「へぇ」

「四年生の市橋……市橋悠希です」

「へぇ」

同じ言葉で返してくる杉浦教授に、

「質問をしてもいいですか？」

と尋ねると彼はなぜかクスクス笑った。

「ダメだと答えたら君はどうするんだ？」

「……え？」

「疑問形で尋ねるからさ。丁寧なのはいいことだけれど、その言いかたじゃ女子にはモテない。『デートに誘ってもいいですか』じゃなく『デートしてください』って言うんだよ。まぁ、見たところそういう相手もいないだろうけどな」

　第一印象が悪ければたいていはその後は徐々によくなっていくものだけれど、彼は違うらしい。言葉に詰まる僕に、杉浦教授は片手をぶらぶらと横に振った。

「ごめんごめん。俺、こういう屁《へ》理《り》屈《くつ》を言うところがあってさ。例えるなら、『絡み漫才』。質問されると意地悪な答えを言いたくなるんだよ。だから授業も人気ないわけ。気に障ったなら謝るよ、って実際は謝らないけど」

　どうやら相当変わった人らしい。

「で、市山くんだっけ？」

「市橋です」

「そうそう、市橋くんだ。どんな質問なわけ？」

　ようやく聞いてくれる気になったようだ。

「あ、はい。あの……火山についての講義からはじまりましたけど、最初は地球学からのはずでしたよね」

「なんだ、やっぱりクレームじゃないか」

　子供のように唇を尖《とが》らせる杉浦教授に「違います」と慌てて訂正をした。

「僕が聞きたいのは……オーロラのことです」

「オーロラか。あれはいいよな。これからの季節ならいろんな国で見られるだろう。カナダがおすすめだけど、あそこは極寒だからなぁ。なんたってあの国は、マイナス三十度とか平気で連打してくるんだぜ」

　ペラペラしゃべる杉浦教授になかなか言葉を挟めない。杉浦教授はスマホを取り出し画面をスクロールし出す。

「俺も去年、フィンランドにオーロラを見に行ったんだ。湖に映るオーロラを撮影したから見せてやろうか。例えるならあれは鏡。そう、鏡みたいに視界全部がオーロラに満ちていた」

「あの……」

「あれ、おかしいな。あ、そうか。こないだスマホを変えたところだった。クラウドから呼び出すから待って」

「すみません、あの――」

「クラウドって安全だと思う？　俺はそういうの疎くて、だけどスマホが古すぎて容量が――」

「聞いてください！」

少し大きな声を出すつもりがボリューム調節が利かず予想よりも大きくなってしまった。

が、効果があったようで杉浦教授はスマホの画面を消してくれた。不機嫌そうな顔に気づかないフリをする。

「受講科目一覧に書いてあったと思うのですが……オーロラについての講義は、いつやるんですか？」

「オーロラの講義？」

あまりに不思議そうに尋ねるので自分の記憶を疑ってしまう。たしかに書いてあったと思ったけどな……。

宙に視線をやっていた杉浦教授が「ああ」と言った。

「たしかに書いたな。しかし、枠外もよく見た方がいいぞ。『進行状況によります』ってちゃんと書いてあっただろ。まあ映画の予告編みたいなもんだよ。本編で流れない映像を差し込んでいる映画は実に多い。意味深なシーンや文字を入れることで興味をそそらせる役割がある。例えば、『幸せへのキセキ』という洋画がいい例だ。本編には登場しない台風のシーンが——」

「オーロラについてはやらないのですか？」

今回も長くなりそうなので話を中断した。

「やる予定はないな。って、そんなに重要なこと？」

「重要です」

話が違う。オーロラについて知りたくてこの科目を取ったのにひどすぎる。

「最初に言ったけど、俺は適当なんだよ。北の生まれだけど、気持ちは南国。つまりのんびりしてて気まぐれで、そこが最大のウリ。気が向いたらやるさ」

「それだと……困るんです」

食い下がる僕に杉浦教授は「知らん」とそっけなく言い、くたびれた茶革のカバンにテキストを放り込んだ。

どうしよう……。これではオーロラの授業をしてもらえない可能性がある。

その時だった。固まる僕の視界の右側あたりになにかが映った。さっき横の机にいたミドリと言う名の女子だと気づくのに時間はかからなかった。

走って来たのか、長い髪をさらっと揺らせたミドリが教卓に両手をバンと置くのがスローモーションのように見えた。

「先生、私もオーロラの講義を受けたいです」

透きとおる声がすっと耳に入ってくる。

「は？」

不機嫌そうにうなる杉浦教授も気にせず横顔のミドリの目はキラキラ輝いている。

「オーロラについて知りたいんです。だからぜひやってもらえませんか？」

「オーロラブームでも来てるわけ？」

ため息をつく杉浦教授に横顔のミドリが首を横に振った。細い髪が波のように揺れる。

「ブームかどうかは知りません。でも、私、オーロラを見に行きたいんです」

「冬休みにでも行けばいいだろ」

「ちゃんとオーロラについて知ってから行きたいんです。講義を聞けば深く知ることができるって信じているんです」

ハキハキと言うミドリを僕はただぽかんと見ていることしかできなかった。同じように杉浦教授も固まっていたが、

「まあ……前向きに考えておく。それでいいだろ」

と切り上げ口調で言った。

「先生ありがとうございます！」

「約束したわけじゃないからな。それに、俺は先生じゃない、これでも教授だ」

「はい。わかりました杉浦教授」

素直にミドリはうなずいている。

「ったく、後期はキャラが立ってるな。くれぐれも問題は起こさないでくれよ」

「そこは大丈夫です。私たち品行方正ですから。ね？」

同意を求めてくる大きな瞳《ひとみ》に、少し遅れて首を縦に振る。普段の会話では使わない単語だから一瞬戸惑ってしまった。

「分かったよ。……じゃあ、また来週」

終始気圧《けお》された様子で杉浦教授が教室を出て行くのを見送った。最後まで律儀に礼をしていたミドリが、バッと頭を上げたかと思うと僕を振り返った。長い髪が今にも僕に触れそうで息を止めてしまう。

「よかったね。ええと、悠希くんだっけ？」

彼女はすべての行動が予測不能な印象だ。

「あ……まあ」

やばい。うまく言葉が出てくれない。あまりにも突然すぎる登場の仕方にまだ心臓が激しく鼓動を打っている。近くで見る彼女は混じりけのない湧き水みたいに澄んでいた。

「悠希くんもオーロラに興味があるんだね。なんだかうれしい」

「うん」

「きっと講義に取り入れてくれるよ。ダメならまた直談判《じかだんぱん》しようよ」

「……そうだね」

初めて会ったのに、彼女ならさらに強く交渉しそうだと思った。

その時になって僕は彼女のすぐうしろに女子が立っていることに気づいた。小柄でやせ型の女子はさっき隣に座っていた子だ。前髪が直線に揃っていてするどい目で僕をにらんでいる。

……え、にらんでいる？

もう一度女子に視線を向けると、今度はあからさまにプイと横を向かれた。どうやら嫌われているらしい。

僕、なんかしたっけ……？

「悠希くんってオーロラを見たことがあるの？」

ミドリの声に視線を戻す。

「……ないよ」

「私の知り合いが外国でオーロラを見たんだって。写真を見せてもらったけど、本当にすごいんだよ。真っ黒な空に緑色の光が降ってくるの」

ああ、そっか。彼女は興味のあることには我を忘れて夢中になれる人なんだな。

自分とは違う温度の心を持つ人には久しぶりに会った気がした。というか、大学生活で女子と話をしたのはバイト以外なかった。

うしろの女子がツンツンとミドリの背中を指先で押すのが見えた。

「もう行かないと次の講義はじまっちゃうよ。売店でアイスも買うんでしょ」

まるで僕を責めているような低い声だ。

「あ、そうだった」

一度振り返り少し間を取ってからニッと笑う。むせかえるほど、という表現がピッタリだと思った。躊躇《ちゅうちょ》なく初対面で距離を詰めてくる人には久しく会っていなかった。

「いつか、オーロラを見に行けたらいいね」

想像もしていなかった言葉に目を丸くする。それってまさか『一緒に』ってことじゃないだろうに、そんなニュアンスにも聞こえる言い方に思えたから。

「ほら、もう行くよ」

グイと腕を引かれたミドリがこっちを向いたまま歩いていく。彼女は最後に小さく右手を振った。

振り返すことができないまま、次の講義の鐘が遠くで鳴り響いている。

自動ドアが開く音に続き何千回と耳にした入店を知らせる電子音が響いた。

「いらっしゃいませ。こんばんは」

口にしてから気づく。あ、まだ午前中だ。

　アパート近くにあるコンビニ。これまでは授業が終わったあとの遅番シフトが多かったから、明るい時間の勤務にはまだ慣れていない。

　今週から人手の足りない日に入ることにしたのは、時間を持て余しそうだったから。

　大学からは少し離れているのに、学生寮が立ち並ぶ場所にあるせいで客層は学生中心。遅番の時間帯に比べると朝のピークさえ終われば客足は鈍い印象。

　代わりに弁当などの納品作業が多い。品出しの合間にレジを打つ感じで体力はそれなりに使う。同じ店なのになんだか違う場所で働いているみたいだ。

「ありがとうございました」

　形ばかりの挨拶《あいさつ》は、言ったとたんその客の顔だけじゃなく性別まで忘れる。バイトを始めたころはそれなりに笑みも浮かべていた記憶はあるが、最近では客の手元だけしか見ていないことが多い。

　最後の客のレジを通す。いつも『雪見だいふく』ばかり買う大きなマスクをつけた女性だ。同じように手元だけを見てぼんやりとレジを打つ。

「ありがとうございました」

　客の顔を見ることもなく袋を手渡す。あー、憂鬱《ゆううつ》。

　店内のＢＧＭが途切れ、ライブチケットの先行予約のアナウンスが流れている。何度も流れるせいで一字一句暗記してしまった。

バックヤードから三澤《みさわ》さんがせかせか歩いてくるのが見えた。

「煙草の補充しといて。それから段ボールは裏に持って行って」

言うだけ言うと、三澤さんは栄養ドリンクの棚に向かいいつもの整理をはじめた。商品のラベルがすべて正面に向くように並べるのが彼のこだわり。何回か一緒に働くうちに理解できたことだ。

「分かりました」

素直に返事をし、煙草の棚を調べながらもう一度チラッと三澤さんを見る。彼は大学院生。『早番の主』と呼ばれていることは知っているし、遅番で入った時、発注作業で残っている彼を何度か見たことがある。

大学にはほとんど行かずに毎日のようにシフトに入っていて、仕事にやたら厳しいということはすっかり身に染みている。

実際、早番をするようになって間もないというのに、もう何十回とダメ出しや指示を受けてきた。

ちなみにバイトやパートさんたちからは『監督』という別のあだ名でも呼ばれているらしい。どうしても話しかけられると緊張してしまう。

三澤さんは、端整な顔立ちで身長だってすらりと高いのに、その顔を覆うように大きな丸いメガネをかけている。どんなに暇な時間でも忙しく動き回っていて、客には愛想がいいがスタッフとはほとんど私語はしない。

噂では、彼から注意を受けたパートが何人か辞めているらしいが……。

いけない。ぼーっとしているとまた注意されそう。

それにしても煙草のパッケージってどれも同じように見えるからやっかいだ。遅番で入る時にはいつも完全に補充されていることが多いのでやたら時間がかかってしまう。

「市橋くん、それ終わったらおせち料理のチラシをレジ前に持ってきて」

まだ十月なのにおせち料理？　疑問を口にする前に三澤さんは雑誌コーナーへ行ってしまった。本当に忙しい人だ。

たかがバイトなのにまるで社員みたい。ひょっとしたら大学院を卒業したらここに就職するつもりなのかも。

このコンビニはもともとオーナー夫妻の経営だったそうだ。僕が入った時にはオーナー夫人である葉子《ようこ》さんしかいなかった。理由は知らないし興味もない。たまにしかシフトに入らない僕にとっては関係のないことだったし、勤務時間をやり過ごしてお金がもらえればそれでよかった。

社会人になったらそんな甘いこと言ってられないんだろうな。

「あー、憂鬱」

煙草のカートンを崩し棚に並べながらため息を声にする。

もうあと数ヵ月で社会人になるなんて実感がない。夏休みが終わる直前、と例えるのも少し違う。それは今、この時間を楽しんではいない自信があるから。死刑判決を受けた囚人が残りの時間を過ごしている、というのは言い過ぎか。

流されるように生きていけば、水は低い所へ向かってしまう。水の勢いに反発して自分で川を作るなんて僕にはできっこない。

いつから僕はこんなふうになったのだろう。いろんなことをあきらめるのが特技になったかのようにぼんやりとやり過ごすだけの日々は、酸素が薄くてため息ばかりこぼれる。

こういう時に邦俊がいれば明るく励ましてくれるのにな。とはいえ、単位取得に忙しい邦俊。最近は僕の方が励ます機会が多い気がする。

アンバランスはこんなところにも転がっている。

自動ドアの開く音、そしてチャイム。

「いらっしゃいませ、こんにちは」

間髪を容《い》れず愛想のよい三澤さんの声が続いた。

「いらっしゃいませ、こんにちは」

棚に視線をやったまま僕も言う。なんて抑揚のない声なんだろう。

最後に心から笑ったのはいつのことだっけ……。

「市橋くん、段ボール捨ててくるからレジお願い」

返事をする前に三澤さんはバックヤードに消えた。

僕の仕事の遅さにきっと辟易《へきえき》しているんだろうな。かといって期待に応《こた》えるため必死にもなれない。

ああ、そっか。僕は落第生の刻印を自分で押したんだ。自他ともに認めるダメなヤツってことにしておけば、もうこれ以上傷つかないで済むから。

地球物理学の講義は週を追うごとに受講生が少なくなっていった。出欠を取らないということをポジティブに捉《とら》え、テストだけがんばる作戦の学生が多いらしい。近頃では十名程度の受講生が広めの教室にまばらに座っている。ゼミよりも少ない人数なのに、杉浦教授はまったく気にした様子もない。

僕はといえば、『今日こそオーロラの授業かもしれない』という期待を胸に受講を続けている。

が、この間のお願いなんて忘れたかのように、杉浦教授は火山について淡々と説明している。

あれ以来、ミドリとは近くの席に座れていない。それでも彼女は『おはよう』と会うたびに挨拶をしに来た。それは授業開始ギリギリに僕が席についたとしても変わらず、それだけを言いにやって来るのだ。

僕が答えると満足したように自分の席に戻っていく。挨拶をする、それだけの関係の僕たち。苗字《みょうじ》も、名前の漢字すらも知らないまま。

——それでいいと思う。

卒業までのカウントダウンがはじまっている今をただやり過ごす僕と、毎日楽しそうに生きている彼女が交わることはないのだから。

会うごとに、正反対の位置に属していると感じてしまう。

誰も僕の世界に入ってきてほしくないし、そもそも新しい刺激は害でしかない。まるで中学生の反抗期みたいな思考だ。

けれど今日は少し違った。

杉浦教授の講義のあと、ミドリが僕の座っている席にまっしぐらに来たのだ。今日は長い髪をうしろでひとつに結んでいる。髪がまるで生きているように右へ左へと揺れている。

あ、と思った時には、もう彼女は僕の机に両手を置いていた。やっぱりいつも突然な人だ。

「……なに？」

ドギマギするのを隠すためぶっきらぼうな口調になってしまった。同時に甘い香りが鼻《び》腔《こう》をくすぐった。

「悠希くんってオーロラみたいな目をしてるね。あ、私、苗字で呼ぶの苦手だから名前で呼ぶことにするね」

突然なだけじゃなく、勝手になんでも決めてしまう性格らしい。うまい返事が思いつかない僕にミドリは言葉を続けた。

「だってもう私と悠希くんは友達でしょ。私のことも名前で呼んでいいからね」

「うん」

なんて、つられてうなずくけれど、心の中では『無理』の大合唱。

「それより、オーロラみたいな目ってどういう意味？」

純粋な日本人である両親のもとに生まれた僕。黒い瞳《ひとみ》なのは毎朝チラッと見る鏡で確認済みだ。

「本当のことを言うと意味はないの。なんとなくフレーズがかっこいいなって思って」

「なにそれ」

女子と話す時にどんな言葉遣いをしていいのか分からない。

「ふふ。私も自分でそう思う。それより、ちっともオーロラの講義してくれないよね。

ここのとこずっと火山がどうの、地震がどうのって話ばっかり」

唇を尖《とが》らせる彼女を思わず『かわいい』と思ってしまいそうになる。

「そのうちやってくれるんじゃないのかな」

「悠希くんは甘い。杉浦教授、絶対に忘れちゃってるんだよ。今度、もう一回頼みにいかない？　菓子折りとか持っていくのもいいかも」

そこまではやりすぎだろうと思うけれど、真剣そのものという雰囲気に異を唱えられない。ましてや女子から名前で呼ばれるなんて久しぶりだから照れくさい。高校の時につき合っていた子も、最後まで『くん』づけで呼んでいたっけ。

「ところでさ、どうしてオーロラを見たいの？」

過去へ向かっていた思考はミドリの質問に中断された。

「さぁ……。ちょっと興味があって。……君は？」

ノートをしまいながら尋ねる僕に、「えっ」と驚いた声が届く。顔を上げると目を丸くしている。

「君、なんて呼ばれたの初めて。あ、そっか。私、まだちゃんと自己紹介してなかったね」

うなずく僕にミドリは胸元からペンを取り出したかと思うと、カバンに入れかけた僕のノートをさらりと奪った。裏表紙を一枚めくると、そこにペンを走らせる。

「私の名前、空野《そらの》碧《みどり》っていうの。こういう漢字」

ノートにはきれいな文字で『空野碧』と記してあった。

「空にある碧、ってオーロラみたいな名前だよね。お父さんがね、昔ノルウェーでオーロラを見たらしくて、それが名前の由来なんだよ」

「ノルウェー……」

「北欧の国。北極圏の近くにあるんだって」

「それは知ってるけど……。なんだか変わった名前の由来だね」

そう口にした僕に、碧は「でしょー」と軽やかに笑った。

「私も変わってると思う。でも、この名前気に入ってるんだ。一回は自分の目で本物のオーロラを見てみたいの」

「ああ……なんかそれ分かるよ。神秘的なイメージだし」

「だよね。実際に見たら絶対感動しちゃうと思う」

それにしても不思議だ。バイトの女子と話す時でさえ緊張するのに、こんなに会話が続くなんて。碧の口調や声のトーンが壁を感じさせないのかもしれない。

「悠希くんは何年生なの？」

ペンを胸元にしまいながら尋ねる碧に、ああついにこの質問が来たかと思う。

「えっと……四年生」

確実に年上だろうから、きっと遠慮してしまうだろう。しかし、碧はなぜか艶《つや》のある唇を上げてにっこり笑った。

「そうなんだ。私は三年生。たぶん初めて同じ授業受けてるよね。学部が違うのかな？」

「僕は、文学部」

四年生であることを知っても碧の態度は変わらなかった。むしろさっきよりも顔の距離が近い。近すぎる。

「私は経済学部。この授業って文学部は必修じゃないでしょう？　悠希くん、本当にオーロラに興味があるんだね。なんだかうれしい」

まるで自分が褒められたかのように喜んでいる姿に、自然に笑顔になってしまう。

そして、思う。

きっと来週から彼女に会うのが楽しみになるんだろうな、と。

高校生の時から邦俊は要領がよかった。いや、その当時は感じなかったけれど、今になるとそうだったと気づいた感じ。

文化祭の時もなるべく負担のない係に収まっていたし、授業中も当てられると誰かがこっそり答えを教えていた。

『ほんと、しょうがないな』なんて許せていたのは、邦俊の明るいキャラクターのせいだろう。

　高校一年生のころはつるむ相手ではなかったし、部活に忙しい邦俊は教室でもにぎやかなグループにいた。そんなに会話を交わしたこともないはずだったのに、高校二年生が終わるころ、いつの間にか邦俊は僕のそばにいた。

　勉強が苦手な邦俊にテスト対策を施し、体育の授業の時には逆に助けてもらったりしていた。

「参ったな」

　邦俊のつぶやく声に思考から抜け出す。思い出を再上映するのは止めたはずなのに、気を抜くとダメだ。

　学生課には事務職員のいるカウンターがあり、その奥には喫茶スペースや小さな文具販売コーナーがある。窓辺に二台置かれているコピー機の前に僕たちはいる。テスト前は学生が並ぶことで有名だけど、今日は誰の姿もない。

　高校時代から使い続けている財布の中身をしかめっ面で覗《のぞ》いている邦俊は、今日もブルーのパーカーを着ている。

「なにが参ったの？」

　尋ねる前から答えは分かっている。

「金がない。あー、憂鬱《ゆううつ》」

前者は邦俊の得意技。後者は僕の口癖。長年のつき合いのせいで僕も彼の口癖が移っている時がたまにある。

さっきから邦俊は、僕が以前受けた必修科目のノートをせっせとコピーしている。

これでもう大学生活で何度目かの依頼だ。

慣れたもので、テストに出た個所はあとでノートに赤丸をつけるようにしている。

ちなみにお礼は『夕飯をおごる』、という口約束が常。が、これまで実施された試しはない。

「そのノート、前期のテスト前もコピー取っていたと思うけど」

「友よ、皆まで言うな。活用してたら今ごろ余裕で単位取れてるって。こんなに苦労してテストに出なかったら最悪だ」

「苦労って、ただコピーしただけなのによく言うよ」

茶化す僕に邦俊は心外とでも言いたそうに目を丸くした。

「いや、授業にはちゃんと出てるって。サボるとか、そういう状況じゃねぇからな。マジで卒業が危うい」

まるで自慢しているような口調で言っている。昔から彼は変わらない。

「講義にちゃんと出席していれば大丈夫だよ。必修科目はよほど点数が悪くないと不合格にはならないし」

「まあ、な」

歯切れの悪い口調。いぶかしげに眺める僕に邦俊は肩をすくめた。

「え？」

「ほとんど寝てるからさ、講義の内容についていけてないんだよ」

「違うんだよ。ちゃんと聞いてるつもりだけど、いつの間にか寝ちゃってるんだって」

「でも――」

僕が言葉を続ける前に邦俊は口を開く。

「バイトスタッフが急に減ってさ、辞めるに辞められないんだからしょうがねーだろ。それにデート代だって必要だし」

邦俊は居酒屋と警備員の夜勤のバイトを掛け持ちしている。

「そういう状況じゃない、って言ってなかったっけ？　せめてバイトをひとつに絞るとか――」

「それはしたくない。居酒屋は俺の聖地。警備は俺の本拠地だからな」

分厚く重なるコピーした用紙をリュックに詰め込む邦俊。どうやらこれ以上コピーをとることはあきらめたらしくてホッとする。

僕もそろそろバイトに行かなくてはならない時間だった。

午後も授業があるという邦俊と別れると校門へ向かう。十一月になり、この町にも冬が侵食してきている。近頃はシャワーだけじゃ寒いくらいだ。

肩をすぼめて歩いていると、

「ちょっと待って」

声が聞こえた気がして立ち止まる。

振り返ると、小柄な女子が立っていた。すぐに分かる。碧と一緒に授業を受けている子だ。名前はまだ知らない。

それはあからさまに彼女が僕を避けているから。

太陽の下だとより明るく見える髪は栗色に近い。おでこを見せないポリシーでもあるのか、やはり前髪が直線に揃い過ぎている。

「あたしのこと分かるよね」

挑戦的な声に、きっと悪い話だと悟った。授業のたびに碧とは挨拶《あいさつ》だけでなく軽い会話をするようになったけれど、目の前の彼女だけはいつもガン無視だった。

今、彼女の近くに碧はいない。ひとりで話しかけてくるってことは、なにか言いたいことがあるってことだろう。

「碧さんの友達だよね？　えっと……」

「糸偏に少ない、弓矢の矢で紗矢《さや》。苗字《みょうじ》までは言わなくてもいいよね」

揃った前髪から覗く鋭い目に気《け》圧《お》されるようにうなずくけれど、普通苗字だけを言うものじゃないのかな。まぁ、口にはできないけれど。

「ちょっと話があるんだけどさ、いい？」

「ごめん。バイトが……」

気弱に答えてしまう声が情けなくて、

「バイトがあるけど、少しなら」

と最後の言葉を意識して大きく出した。

「時間はかからないよ」

そう言うと紗矢はあごを上げた。まるで臨戦態勢を取ったかのように見える。

「話というか質問させて。碧のこと、どう思ってるの？」

「……どう思っている？　それってどういう意味？」

思いもよらない質問に聞き間違いかと尋ね返す。

「まさか、ひと目ぼれとかじゃないよね」

聞き間違いじゃないらしい。

「全然違うよ」

「だよね。ならよかった」

なんだよそれ。ムッとしてしまう僕に紗矢は口の端を上げた。どうやら笑っているようだけど、逆に怖い。

「碧には彼氏がいるの。勘違いされるといけないから気をつけたほうがいいよ。一応忠告しとくね」

言うだけ言って紗矢は小走りに駆けて行ってしまう。

「……そんなこと、分かってる」

つぶやく声が風に流れた。歩き出せばモヤッとした感情がお腹のなかにうごめいているよう。

同じ講義を受けていて、少し話をした程度の女子に恋なんてするはずがない。

恋なんてただの暇つぶしだ。

愛なんてこの世には存在しない幻。あるとすれば『情』という名のしがらみだけ。

どれも形じゃないから触れることなんてできない。

――ぜんぶ、とっくに分かってるんだよ。

【第二章】星空が教えてくれる

【ノルウェー】

11月3日（火）

眠れないんじゃないかと心配していたのに、気がつけば朝になっていた。

ホテルの朝食はビュッフェスタイルだった。ノルウェー名産のサーモンやタラなどの海産物が並んでいた。

どれも塩漬けや燻製《くんせい》にしたものだらけ。

低い位置で光る太陽を見ながらこの日記を書いている。

いよいよ本格的に旅がはじまるんだ。

そして僕はまた君のことを考えている。

旅に出てまで、と呆《あき》れられるかもしれないけれど、これが僕の日課。

初めて会った時から君は『不思議な人』だった。

女子としゃべったことがないわけじゃなかったけれど、それまでのどんな人よりも君は能動的で、突然で、予測不能だった。

『いつか、ノルウェーにオーロラを見に行こうね』なんて、出会った日に言う内容じゃないよね？

君のことを思えば、いつだってお腹のあたりがほんのりと温かくなる。

カイロのように小さいけれど、存在感のある温度にホッとする。

そのあとは決まって、鉛のような重さにうずくまりたくなる。

そう、僕は今でもずっとあの場所でうずくまっているのかもしれない。

ホテルをチェックアウトし外に出ると、雲ひとつない空が広がっていた。日本で見る空よりも青は薄く、太陽も鈍く光っている。

空気は冷たく、口元まで上げたマフラーの隙間から白い息が宙に逃げていく。昨夜は暗くて見えなかった町並みは、カラフルな外壁でまっすぐ海沿いに並んでいる。海がそばにあるのに不思議と潮の香りはせず、道路沿いにある海は濃い紺色で透明度はかなり低いようだ。

待ち合わせの時間を過ぎてもガイドが現れない。日本語が話せる現地ガイドがここで待っているはずだった。何度もメモを見るけれど、時間も場所も合っているはず。

じっとしていると寒さが足元から這《は》い上がってくる。

「困ったな」

言葉とは裏腹に不安な感情は生まれていない。メモによると夕方までは市内観光の予定だし、そもそも歩き回るのは好きじゃない。

この旅の目的はオーロラを見ること。近くの港から出る船に乗り、港をめぐりながら十一日間をかけて北極圏を目指すのだ。なんなら市内観光なんてせず、今からでも乗船したいくらい。

寒い外に立って待っているより、ロビーに戻るか……。

バックパックを背負い直しトランクを手にした時、石畳を鳴らして一台の車が猛スピードで走ってくるのが見えた。白いワーゲンで遠目にもオンボロなのがわかる。

急ブレーキをかけて目の前で止まった車から、ひとりの男性が降りてきた。

「ユーキ？」

尋ねる男性は僕よりもかなり背の高い男性だった。オールバックの栗毛に同じ色のあごひげをたくわえているが、少したれ目のせいでやさしそうな印象。身長に似合わず華奢《きゃしゃ》な体つきで年齢は三十代後半だろうか。

白シャツを慌ててジーンズに押し込んでいる彼がガイドということだろう。

「はい。市橋悠希です」

少し緊張して答えると、表情を緩ませたガイドが両手を広げた。

「ボクはルーカス・グリーン。ルーカスってみんな言うよ。ホテルの裏口にいたんだ。そこでピックアップって聞いてたからね。ところがユーキは来ない。そうしたらキミはこっち側にいるじゃないか！　ああこれ、荷物？」

ひとりで大騒ぎをしつつ後部座席にトランクを押し込むルーカス。あっけにとられていると、ルーカスは突然動きを止めて僕をじとっと見てきた。

「ボクは遅刻したわけじゃないから」

「え？」

「遅刻だよ。遅れてはいない。ちゃんと待ち合わせ場所にはいたんだから」

「あ、はい」

「ホントだよ。仕事に遅刻するなんてベルゲン人にはありえないこと。ボクも時間はしっかり守っているんだ。社会人として当然だろ？」

両腕を組んで見下ろすルーカスに「はい」としっかりうなずくと、納得したらしく助手席のドアを開けてくれたのでいそいそと乗り込む。

車内はかなり狭く、そして外見に負けず古さを主張していた。ミッションレバーは剥《は》げ、シートにはなにかをこぼした跡と思われるシミが模様のようについていた。発車していないのにエンジンは犬のような唸《うな》り声を響かせている。

「よし、それじゃあ準備ＯＫね」

横顔のルーカスはあごひげをざらりとなでた。

「ようこそノルウェーへ。昨日は飛行機が遅かったから大変だったね」

「大丈夫です」

「朝も早いね。だけどさ、ベルゲンには見てほしい場所がたくさんあるからね。いくら時間があっても足りないんだよ。ちなみに、ベルゲンに住む人は自分たちのことをノルウェー人じゃなく、ベルゲン人って呼ぶんだ」

外国に来たのは初めてだからよく分からないけれど、ガイドは敬語で話すものだと思っていた。僕のほうが丁寧に話していて、どっちが客か分からない。

それでもルーカスの気さくな人柄が伝わってきて悪い気はしなかった。

軽いバウンドとともに車が動き出した。さっきはすごい速さで走ってきたから心配だったけれど、思ったよりも安全運転だ。見ると行き交う車ものんびりした速度で走っている。

「今日からユーキはノルウェーの旅人になる。仕事のことや悩みごともきれいに忘れられるよ」

「仕事？」

「そう、オールで忘れて楽しむんだ」

『ノルウェーの旅人』のフレーズがすとんと心に落ちた。うなずく僕に、ルーカスは親指を立ててウインクをした。こういう仕草がいちいち似合うのは外国人ならではだろう。

ノルウェーの旅人、と口の中でつぶやくと、少しだけ胸にある重りが軽くなった気がした。

結局、夕方近くまで市内観光は続いた。自分の住む町を一生懸命説明するルーカスの熱意に応《こた》えたいのに、よく分からない歴史の話も多かったので半分程度しか理解できなかった。

やがて乗船時刻になりルーカスに連れられて船に乗り込むことに。近くで見る船はあまりにも大きくて、視界に収まらないほどだった。

「この船で北へ向かうよ。途中で寄る港町のいくつかでは一緒に町を探索しよう。夜はオーロラが見られるかもしれない。北極圏に入れば、もっとオーロラチャンスは増えるから」

「うん」

船体を見上げたままうなずく。やはり想像の何倍も大きな船だ。受付と思われるタラップのそばには、いくつかの小さな露店が並んでいた。

そのなかのひとつ。僕の目に飛び込んできたのは、キーホルダー屋さんみたい。ノルウェーの国旗の形をした金属製のキーホルダーが売られていた。

ずっしりと重く、国旗の鮮やかな赤色に目を奪われる。

「ユーキ、これ買った方がいいよ」

「なんで？」

「旅のはじまりに買うとラッキーが来る。ええと……エンギが？」

「縁起がいいってこと？」

補足する僕にルーカスは顔をくしゃくしゃにして「そう！」と叫んだ。

「縁起がいいね。プライスは九十六」

頭で計算すると千五百円近くもする。高いとは思うけれど、たしかにノルウェーでのお土産だと思えばいいか……。

ひとつ買ってバックパックのチャック部分につけた。真っ黒なバックパックのアクセントみたいで感じがいい。

「ノルウェーってすごく物価が高いんだね」

「ああ。みんなそれ言うね。税金が高いからね」

ルーカスは「ええと」とオールバックの髪をかいた。

「ノルウェーはウェルフェア……福祉の国。学校もフリーだし、病院も安いね。国民にやさしい。だから税金が高くても誰も文句言わない」

　国が変わればこうも違うもんだな、と勉強になる。

「さあ、そろそろボクたちの船に乗ろう。オーロラを探しに行くよ」

ルーカスの言葉に歩き出すと、すぐにまた君の顔が浮かんだ。オーロラの話をするときの君はいつだって目を輝かせていた。

まるでそこにオーロラの放つ緑光が見えるかのようにうれしそうに笑っていたよね。

僕にも見えるだろうか、君が見たがっていたオーロラが。


【日本】


「なんでそんなにキショーガクについて知りたいんだよ」

　これは地球物理学の授業が終わったあと、杉浦教授のもとへ向かう僕に彼が放った言葉だ。

　意味が分からず足を止める僕なんて見もせずに、杉浦教授は分厚いノートを乱暴にバッグに押し込んだ。

「気象予報の気象のこと。地球物理学は幅が広く、火山学や地震学、海洋物理学などたくさんの分野がある。気象学もそのひとつ」

「気象学……」

初めて耳にする単語に戸惑う僕に、杉浦教授は「はぁ？」と顔を近づけた。

「君は気象学も知らないのか。気象学ってのは、大気圏の物理的特性を扱う分野のこと。君が……ええと四ツ橋くんだっけ？」

「市橋です」

「そう、市橋くんが知りたがっているオーロラも気象学に含まれるんだ。ていうか、興味があるなら自分でそれくらい調べてくるべきだろ。だいたい、今の学生は受け身すぎるんだよ。俺が大学生のころなんて、興味のあることは寝ないで調べたりしたぞ」

鼻息が荒くなる杉浦教授に、

「すみません。勉強不足でした」

素直に謝罪をする。

あれ以来、久々に『オーロラについてはいつやるのか』の質問をしようと思っていたが、機嫌を損ねたのはマイナスポイントだ。これは出直した方がいいかもしれない。

「杉浦教授」

碧が近づいて来るのは視界の端に映っていた。僕の横に並ぶと碧は、

「気象学については調べました」

いつものように両手を教卓に置いて言った。

片眉《かたまゆ》を上げた杉浦教授に碧はすうと息を吸って続ける。

「十九世紀から日本でも発展してきた学問のことですよね。気象学においてオーロラは、大気物理学もしくは超高層大気物理学の分野です」

「まあ、な」

幾分穏やかな声色になった杉浦教授に、碧はにっこり笑って僕を見る。あいまいにうなずいて視線を戻した。

避けていると思われているかもしれない。

先日、紗矢に忠告されたあとも碧は普通に話しかけてくる。授業も隣に座ることが多かったし、今日だって本来ならばふたりで杉浦教授のところに来るべきだとも思った。

もちろん碧に恋をしているわけじゃない。ただ、碧に彼氏がいるという事実がある以上、親しくなるのは危険だと考えた。

大いなる勘違いだということは分かっている。けれど教室で碧が他の学生に話しかけているのは見たことがないし、卒業までのカウントダウンに入っている今、余計なトラブルは避けたかった。

「悠希くん、あ……市橋くんには私からちゃんと説明します。だから、オーロラについて講義してください」

そう言う彼女をもう一度見た。さっきまでの笑みはもうなく、真剣な顔にドキッと胸が動いた。こんな表情もするんだ……。

「十二月あたりから気象学についても触れるつもりだったことはたしかだ。でも、オーロラじゃなく天気予報とか宇宙、星座とかにするつもりなんだよ。オーロラを講義で取り上げる予定は残念ながらない」

「少しだけでもいいんです」

食い下がる碧に杉浦教授はしばらく黙り込んだ。ふたりの間にある緊張感に置いてけぼりにならないようなにか言わないと……。

けれど僕から出てきたのは、

「お願いします」

という単純な言葉だった。普段の会話が少ないからボキャブラリーの数も同調している。

「正直に言うとな、大気物理学は得意なジャンルじゃないんだよなあ。オーロラなんてネットで調べればいいだろうに」

ボヤく杉浦教授に意識を戻す。

ふいに碧が僕の腕を取ったからギョッとした。

別に他意はないんだから気にするな。そもそも恋なんて二度としないと誓ったはずじゃないか。僕を教卓へ近づけた碧が、さらに杉浦教授に詰め寄る。

「私たち、もちろんインターネットで調べました。オーロラについての解説も読みました。でも、ちゃんと授業として学びたいんです」

「……ふん」

杉浦教授は持参しているノートパソコンの電源をもう一度入れた。授業の際プロジェクターで資料を映すために使っている。

「まあ、来週からの地震学はもう資料作っちゃったから変更はできないが、気象学はまだ途中か……」

データを確認しているのだろう。マウスを動かしながら目を細めた。

「気象学の授業内容をオーロラにすることはできなくはない」

気づくと僕も碧と同じように教卓に手を置いていた。

「やってくれるんですか？」

「やらなくもなくはない」

どっちなのか判断がつかずにいると、杉浦教授はニヤリと不敵な笑みを浮かべた。

「そうだな、こうしよう。これから俺が出す課題を解くことができたなら、熱意に負けたということでオーロラの講義をしてやろう。俺だって学習意欲をそぐようなことはしたくないからな」

うれしそうな顔をしていたのだろう、杉浦教授が「しかし」と僕を見た。

「うまくいかない可能性もある。なんたってここの経営陣は頭が固いからな。例えるならイガグリだ。急な変更を反対するに決まってる。約束はできないが君たちにとってチャンスなのは間違いない。どうだ、挑戦するか？」

碧と顔を見合わせたのは必然だった、ということにしておく。僕たちはほぼ同時に、

「やります」

と答えた。

気づくと、碧の斜めうしろにいぶかしげな顔をした紗矢がいた。一瞬視線が合うとにっこり笑った。碧の前でだけ見せる愛想のいい仮面であることは重々承知している。

「これは気象学の授業でいつも出す課題だ。例えるならば、ファミレスでドリンクバーを頼むって感じ。まあ定番ってことだ。一度しか言わないからよく聞いておけよ」

慌ててバックパックからノートを取り出す。奥が深いので物が積み重なっている。ペンケースを探しているうちにノートはあっさりと碧に奪われた。慣れた手つきでノートの最後のページをめくるとペンを片手に碧は構えた。

「お願いします」

碧がメモを取ってくれるならいいか、と杉浦教授の口元に集中する。

「夏に仲間外れになる切ない星の名前はなんだ？」

そう言うとさっさと杉浦教授はノートパソコンをカバンにしまう。碧は素早くペンで書き留めるとそのポーズで固まっている。

「え、それってどういう……」

意図が分からない。夏？　仲間外れ？

しかし杉浦教授は右手を前に出して僕の口を止めた。

「質問は受けつけない。次回の授業の日を締め切りにしよう。それまでにしっかり悩んで答えを出せ。せいぜい考えるんだな若者たちよ」

ははは、と初めて聞く笑い声を高らかに上げて去っていく背中。僕も碧も、そして紗矢さえも、ぽかんと見送ることしかできなかった。


三日後の金曜日は雨だった。学食が全面ガラス張りのせいか、傾いていく季節がリアルに感じられる。こんな天気の日ならなおさらだ。

さっきから僕たちはノートをじっと見つめたまま黙りこくっている。僕たち、というのは僕と碧、そして紗矢の三人だ。

昼過ぎの学食はまばらに学生がいるだけで、ピアノのＢＧＭがいつもより大きく耳に届いている。向かい側に座る碧は今日はポニーテールで、本人曰《いわ》く『湿気に弱い髪質だから』らしい。

ノートには碧の字で『夏に仲間外れになる切ない星の名前は？』の文字が並んでいる。あのあと、すぐにでも話し合いをしたかったけれど、碧たちの授業と僕のバイトの予定が見事に合わず、今日までずれこんでしまった。

それぞれの考えを発表することになっていたが、結局なんの答えも浮かばないまま今日を迎えている。

あれからの数日は、ずっと今日を楽しみにしている自分がいた。碧に会いたかったわけじゃなく、早くクイズを解きたかったから。

約束を正当化している自分に目をつむれば、目の前に座る碧とも普通に話せるはずだった。実際はさっきから僕もノートの文字を眺めているだけだけれど。

「結局ね」と口火を切ったのは碧だった。

「あれからずっと考えたけどまったく分からなかった」

「あたしもまったく。難しいよね」

紗矢が便乗する。

「それに、これって課題じゃなくてクイズみたいじゃない？」

首を小さくかしげた碧に、

「たしかに」

なにか言わなくちゃとうなずいた。

「私、課題のほうがよかったな。クイズって苦手なんだ。テレビとかでやってても答えが全然分からないもん」

「碧は昔から苦手だよね。ほら、覚えてる？　高校の時にさ、クラスでクイズが流行《はや》ったよね。石川とかみっちゃんが詳しくてさぁ」

三人でいると紗矢は決まって高校生の時の話をした。当然僕の知らないことなので、そのたびに『へぇ』『そうなんだ』と答えることしかできない。絶対わざとやっているんだろうな。

「昔話をしている場合じゃないって。火曜日までに答えを見つけなくちゃいけないんだから」

軌道修正をしてくれた碧に感謝しながら、僕はノートを指さした。

「単純にクイズなら謎かけみたいな感じかな？　同じ読み方でも意味が違うみたいな」

「え、それってたとえばどういうこと？」

一瞬ムッとした顔になった紗矢は、すぐに笑顔の仮面をつけあどけない表情に戻った。ただ、目は笑っていなかったけれど。

「たとえば……これ」

と、ノートに『恐怖の味噌汁《みそしる》』と書いてみせた。続いて『悪の十字架』も追加で記してからノートをふたりのほうへ向けた。

「小学校くらいの時にやらなかった？」

「恐怖の味噌汁……」

　つぶやくようにふたりとも僕の書いた文字を言葉にしている。碧の長いまつ毛がまばたきで揺れている。

「映画のタイトルじゃないよね。意味が違うって、どういうことだろう」

　こちらを見つめる碧から自然な感じで中庭に視線を移すと、学生が差す傘が花のように咲いている。

「早く答えを言ってよ。気になるじゃん」

　先に音をあげたのは紗矢だった。どうやらせっかちな性格らしい。碧は「待って」とそれを止めてから天井をじっと見つめて考えている。

「お願い、ヒントをください」

　目を閉じたままでお願いする碧は子供のように必死で考えている。

「じゃあこれも」

　ノートを返してもらい『悪魔のぬいぐるみ』と書くと一層混乱したようで、目をぎゅっと閉じて何度も三つの言葉をくり返す。そんな様子が愛らしく感じ、自然に笑みが浮かぶ。

が、すぐに紗矢の鬼のような形相に気づき顔を引き締めた。あぶないあぶない。

「ちょっと私、トイレで考えてくるね」

碧の言葉に、紗矢が「ああ」と肩をすくめた。

「集中したい時はトイレにこもるもんね」

「きっと答えを見つけてくるから」

碧が席を立ち小走りに駆けて行くのを見送ってから視線を戻すと、苦虫を噛《か》みつぶしたような顔の紗矢とふたりきりになってしまった。

「……なにか言いたいこと、ある？」

そう言う僕に紗矢は、

「あたし、なんにも言ってないけど？」

と、相変わらず挑戦的に返してくる。言ってないけど、顔が怖い。

「なんでそんなに碧さんのことになると僕を敵対視するの？」

「自意識過剰じゃない？　そんなヒマじゃないし」

「碧さんがいないとそっけなくなるところが証拠。完璧《かんぺき》に性格を使い分けている」

勇気を出して指摘をすると不機嫌そうな唸《うな》り声で返してくる。

「あたしが気にしてるのは碧の彼氏のことだけ。ほら、あの子、誰にでも愛想がいいところがあるでしょう。そこがいいところなんだけど、そのせいで勘違いする男子も多いんだよ。あたしはあの子の保護者ってところ。悪い虫がつかないようにしている駆除係だと思ってくれればいいから」

たしかに碧はかわいいし予測不能に距離を詰めてくるところはある。高校生の頃から紗矢は彼女を守ってきたんだろう。けれど、今日集まっているのは不可抗力だ。もうひとつ言うなら、害虫扱いはさすがに傷つく。

「でもほら、碧さんが『三人で謎を解こう』って張り切ってるんだから」

さすがに紗矢の不機嫌さにも慣れてきている。文句を言う僕に紗矢はわざとらしくため息をついた。

「だからなんにも言ってないって。あたしと一緒なら彼氏もなんにも言わないから平気。でも、ふたりきりで会うのは絶対にダメだからね」

「それは約束するよ」

うなずいてからふと気になった。

「碧さんの彼氏さんってさ、どんな人なの？」

「あんたには関係ない」

ぴしゃりと言ってのけてから、紗矢は片目を細めて僕を見た。

「でもまぁ、少しだけ言うならば、大学院生のイケメンだね」

「うちの大学院生ってこと？」

「質問はもう終わり。今度はあたしの番ね。この答え、こっそり教えてよ」

「自分で考えるからクイズはおもしろいのです」

これくらいは反撃してもいいだろう。キッとにらんできたけれど無理して平気な顔を見せていると、やがて紗矢は「てかさ」と口を開いた。

「あんたがいつも持ってるそのでっかいカバン、なんなの？」

「バックパック。たくさん荷物が入るから便利なんだ」

「通学に使うにはでかすぎない？　そもそもおしゃれじゃない。でっかいゴキブリみたい」

「気に入ってるんだよ。それに、カバンはこれしか持ってないから」

そう言うと紗矢はあからさまに驚いた顔を作った。

「ありえないし。ますます碧にはふさわしくないわ」

「そう言う紗矢さんこそ、前髪が揃い過ぎてると思うけど」

「いいでしょ。気に入ってんだから」

「僕も同じだよ。紗矢さんだって……って、紗矢さんの苗字《みょうじ》ってなんだっけ？」

名前呼びに慣れないので尋ねると、

「うるさい。あんたには関係ない」

ぴしゃりとまた言われてしまう。

「じゃあ僕がどんなカバンを使っているかも関係ないじゃん……」

紗矢はますます渋い顔になったが、碧がダッシュで戻ってくるのに気づくと柔和な表情に戻った。

「ダメ。全然分からない。悪魔が味噌汁を作るってどういうこと？」

席につくなり碧が聞いてきた。

「すごく有名な言葉なんだけど聞いたことない？」

「ないよ。絶対にない」

「じゃあ、降参ってことでいい？」

「ええええ」

悶絶《もんぜつ》するように悔しがる碧にも表情は崩さないように心掛ける。

「もういいじゃん。さっさと話進めないと時間ないって」

「……分かった」

紗矢に説得され渋々うなずく碧。僕はペンを取るとふたりに見えるように答えを書いていく。

『恐怖の味噌汁』は、『今日、麩《ふ》の味噌汁？』。

『悪の十字架』は『開くの十時かぁ』、そして『悪魔のぬいぐるみ』は、『あ、クマのぬいぐるみ』。

なんのことはない。子供がよくやる遊びだ。

答えを聞いて喜んでくれるかと思ったが、

「なによそれ」

紗矢の言い放った言葉に場の空気が冷たくなるのを感じた。さすがに自分でもまずいと思ったのか、

「そんな単純なことだって気づかなかったぁ」

なんて少し声色をやさしく言い直した紗矢だったが、その表情はどう見ても呆《あき》れている。

碧はというと、僕の書いた文字をじっと見つめ動かない。

まだ意味が分かってないのかも。説明を加えようと口を開きかけた時だった。

「あれ、悠希?」

すっとんきょうな声がうしろから聞こえた。見ると両手にコピー用紙を持った邦俊が立っていた。今日は真っ赤なパーカー姿。どうやらまた僕のノートをコピーしていたらしい。

「学食にいるなんて珍しいな。こんにちは」

最後の言葉は女性陣に向けられたものだろう。碧はまだ僕の書いた答えをじっと眺

めていて、邦俊に気づいていない様子。

紗矢は邦俊の持つコピー用紙のあたりを見てなぜか軽くうなずいてから目線を上げた。意外にも晴れやかな笑顔だった。

「こんにちはー」

挨拶《あいさつ》をしてから僕をちらっと見てくる。紹介しろという合図だろう。

「えっと、同じ文学部で四年生の宮崎です」

紹介している間に、邦俊は横の席に腰をおろしてしまった。あまりに自然な流れだったので止める間もなかった。

「はじめまして。宮崎邦俊です。悠希の親友やってます」

両手をテーブルの上で組み邦俊はにこやかにほほ笑む。さすが彼女が途切れないだけあって、『初対面』に慣れている。

いや、感心している場合じゃない。新たな敵の登場に、紗矢がまた不機嫌になってしまうかもしれない。

が、予想に反し、斜め前に座っている紗矢は穏やかな顔をしていた。

「あたしは紗矢という名前です。苗字は好きじゃないので省略しますね。隣にいるのは空野碧。ともに三年生で経済学部です」

なんだ、ちゃんと敬語を使えるんじゃないか。呆れてしまう僕を無視し、

「親友、ってもうつき合いが長いんですか？」

　紗矢は屈託のない笑みを浮かべている

「高校一年生の時からだからけっこう長いね。腐れ縁、ってやつかな」

「高校ってどこにある高校ですか？」

「こいつから聞いてない？　岐阜県にある高校。山のふもとにあるマンモス高校でさ、こいつが静岡にある大学を受けるって言うから親友としては放っておけなかったってとこ。まぁ、静岡県って横に長いから意外に浜松《はままつ》市は近かったけどね」

「友達思いなんですね」

　感心するように何度もうなずく紗矢。勝手に話が進んでいくが、それよりも紗矢の態度が気になって仕方ない。僕の初対面の時とはまるで態度が違う。

　まだノートとにらめっこをしている碧をチラッと見てから、紗矢は小首をかしげた。

「今、三人でクイズを解いているんですけど一緒にどうですか？」

「せっかくだけど俺、これから約束があってさ」

　あっさりと答えた邦俊にも嫌な顔ひとつせず、

「じゃあまた今度手伝ってくださいね」

　最後までにこやかに紗矢は答えている。

「まかせて。クイズは得意だからさ」

ようやく邦俊が立ち上がったその時、急に「あっ！」と碧が叫んだのでみんなの視線がそこに集まる。

ガバッと顔を上げた碧の目が大きく見開いている。

「やっと分かった！　恐怖の味噌《みそ》汁《しる》は、今日、麩の味噌汁ってことだね。同じ読みでも意味が違うってことなんだね！」

白い歯がまぶしい、と思った。

「う、うん」

ドギマギする僕を置いて、

「あーやっぱりこういうの苦手。さ、それよりクイズ考えなくちゃね。みんなはなにか分かった？」

居住まいを正した碧は、その時になってようやく邦俊の存在に気づいたらしい。きょとんとして邦俊を見たあと、僕に視線を移す。

「ごめん……。私、寝ちゃってたのかな？」

僕は曖昧《あいまい》に首をかしげることしかできなかった。

バイト先の現オーナーである小高《こだか》葉子さんは、いつも穏やかな笑みを浮かべている人。レジにたくさんの客が並んでも、大量に持参された宅配物の寸法を測っている時も、彼女の周りにはやわらかい空気が存在している気がする。

今夜も遅番のバイトが急に休んだせいで明日の朝までの勤務になったそうだが、愚痴を言うこともなく愛想よくレジを軽やかに打っている。

葉子さんがいるだけで安心感があるんだよね、なんて思っていると僕のレジにも客が来た。視界に『雪見だいふく』が映り、いつもの女性客だと分かる。

値段を言い、小銭をもらいレシートを返すところまではいつもの流れだった。

けれど、

「ありがとう」

出口に向かう彼女の声に思考が固まるのを感じた。客からお礼を言われることがなかったわけじゃない。その声に聞き覚えがあったから。

顔を上げ女性のうしろ姿を目で追う。長い黒髪にベージュのコート。

あれは……。

思わず声をかけようと口を開きかけた時だった。

「ありがとうございましたぁ」

語尾を甘く伸ばす声が聞こえ、我に返る。葉子さんが女性に頭を下げたところだった。

「……ありがとうございました」

それに続きながら必死で女性客のことを思い出す。これまで客の顔なんて見てもすぐに忘れていたから思い出せない。もどかしい気持ちとフワフワ落ち着かない感情が体全体を覆っている。

『雪見だいふく』の客は、ひょっとして……碧なの？

「……まさか」

ブンブンとわざと頭を振った。そんなことがあるはずがない。やはりバイトを増やしたせいで疲れがたまっているのかもしれない。

また入店を知らせるチャイムが鳴る。開いた自動ドアの向こうの景色は、もう冬に暮れていた。

遅番の勤務終了まであと二時間。少しでも葉子さんがラクに朝まで勤務できるように、いつもより品出しを必死でやっている。十二月に入ったというのに、額にはじんわり汗をかくほどに。

店内に客の姿はない。今日から店内では気の早いクリスマスソング特集が流れている。おせち料理の予約にしても、季節や行事の先取りをしているみたいな気分。さっきの客が碧なのかという疑問は、時間とともに薄れていく。むしろ、そんなわけがないという結論に引っ張られているようだった。

もしも碧なら声をかけてくるだろうし、あの客は一年ほど前から定期的にこの店に訪れていたいわば常連なのだから。

「今はひとりで大丈夫なので、葉子さん休憩入ってください」

入り口側にあるレジの前で伝票を確認している葉子さんに声をかけると、

「ありがとう。でも大丈夫だよ」

目じりを下げて答えた。薄化粧で童顔のせいで若く見えるけれど、四十代半ばらしい。

「それより、市橋くんに聞きたいことがあるんだけど、いいかな？」

「あ、はい」

なんだろう。バイトたちがしている元オーナーの噂のことだろうか。もしくは三澤さんがなにかダメ出しでもしたのだろうか……。

体を固くする僕に、

「最近、なにかいいことあった？」

葉子さんの質問は意外な内容だった。

「え、なんにもないですよ」

「そうかなぁ。雰囲気が明るくなったように見えたから」

「なんにもないです」

同じ言葉をくり返してから、

「人生なんて真っ暗です」

とつけ加えると、葉子さんは小さく笑った。

「人生を卑下するには早すぎるわよ。希望がないのは私のほう」

「いえ……」

なんて答えていいのか分からず曖昧につぶやくと、葉子さんはクスッと笑った。

「私のこういう勘って当たるんだけどな。じゃあ、なにか楽しみにしている予定があるとかじゃない？　例えば、コンサートとか」

そこでようやく思い当たる。

「明日、友達とプラネタリウムに行く約束はしていますが、別に楽しみってわけじゃないですよ」

クイズの答えを探すためにみんなで再度会うことになったのだ。話し合うだけじゃなく、実際にプラネタリウムに行き夏の星座を調べることとなった。しかも先日たまたま現れた邦俊まで『俺も行く』と言い出したから、大学での乏しすぎる知り合いが一堂に会することになる。

「ふふ、楽しそうね。なんにしても今を楽しむのよ」

葉子さんは明日から新発売される煙草のＰＯＰを壁に貼りはじめた。

軽やかなチャイムが鳴り、中年の男性客が入って来る。

「いらっしゃいませ、こんばんは」

その男性客はたまにこの店に来る。顔を見ない僕が覚えているのには理由があった。その男性はいつも入店するとまずレジをゆっくりと見回すのだ。そして必ずため息をつきお茶をひとつ買って帰っていく。同じルーティンを目撃していたから刷り込みのように記憶に刻まれていた。

が、今日の彼はいつもと違った。なぜか立ち尽くしたままこっちをじっと見てくる。最初は気づかないフリをしていたけれど、あまりにも長い時間固まっているので勇気を出して顔を向けた。

「あ……」

目に見えて動揺する男性が顔を伏せた。そしてきびすを返すと逃げるように店を出て行ったのだ。

ふいに、

「ありがとうございました」

葉子さんが言った。その声に違和感を覚える。それは、葉子さんの声がいつもより低かったからだ。見ると葉子さんは口元に笑みを浮かべたまま、閉じた自動ドアを眺めていた。

いつもとは違う雰囲気に思わず「あの」と声をかけていた。

「なにか……あったんですか？」

「え？　ううん。なんにもないわよ」

そう言われると黙るしかない。おせち料理の予約チラシを意味もなく整えることにした。同じ店内でそれぞれのレジの前に立ち、ただクリスマスソングを聞いている時間はなんだか違和感があった。

どれくらいそうしていただろう。葉子さんがパタンと伝票の入ったファイルを閉じた。

「みんなが噂しているの、聞いたことあるでしょう？」

ひとりごとのように葉子さんは前を見たまま尋ねた。

「内容までは知りません」

本当のことだった。みんなで和気あいあいとやるタイプではないし、これまでは出勤日数も少なかったから。バイトにはバイトの輪があり、急に出勤が増えた僕に入るスペースは見つからないし探してもいない。

ふう、と小さく息を吐いてから葉子さんは僕を見た。

「市橋くんは前のオーナーとは会ったことなかったよね？」

「僕が働き始めた時は、もう葉子さんがオーナーでした」

「今残っている子の中では、三澤くんだけが前オーナー採用のバイトだから」

「三澤さんってそんなに長いんですか？」

「大学院もずいぶん長いこと通っているみたい。うちで社員になってほしいくらいなんだけど、三澤くんには夢があるんですって」

世間話をしたことがないから知らなかったけれど、僕よりもずいぶん年上ってことか……。昔から人の年齢を当てることは、僕の苦手分野のひとつだ。

少し黙ったあと、葉子さんは口のなかで小さく笑った。

「高木《たかぎ》っていうのが前オーナーの名前。私の夫だった人。ここまでは知ってるよね？」

「――あの」

そう言うと、葉子さんは「ん？」と口をつぐんだ。

クリスマスのメロディが満たしているこの空間がやけに寒々しく感じる。

「噂話は好きじゃないんです。だから、無理して話をしてくれなくても大丈夫です」

僕の言葉に葉子さんは首を振った。

「ありがとう。市橋くんはやさしいのね。でも、私が言いたいだけなの」

葉子さんの瞳《ひとみ》がどこか悲し気に見える。黙っている僕が同意したと思ったのだろう、
葉子さんが天井にあるスピーカーのひとつを指さした。

「ほら、クリスマスの曲が流れているでしょう？　高木と決定的に別れることが決まったのがクリスマスイヴの日なの。曲を聴いてたらなんだか思い出しちゃって……。少しだけ聞いてくれる？」

そう言われるとうなずくしかない。葉子さんの口が「ありがとう」と動いたように見えた。

「高木はオーナーを降りてからよその町に引っ越したの。でも、すぐにこの町に戻って来ていたみたいでね、ここにも顔を出すことがあるの」

「そうなんですか……」

「追い返せばいいんだけど、強く言えなくってね……」

そこで気づく。ひょっとしてさっきの客が？

僕の考えを読むように葉子さんはまた自動ドアの方へ視線をやった。

「離婚ってどちらかが被害者じゃないの。あの頃は私も高木も店のことに必死で、勤務時間も合わないせいでどんどん会話が減っていった。くだらないことでケンカばかりだし、その原因も全部仕事のことだった」

ふう、と息をついた葉子さんが「だから」と続ける。

「離婚の原因は私にもあるの」

のんきな電子音が店内に響き、大学生らしき客が数人入って来た。なにがおかしいのか体をくねらせて大笑いをしている。

「こんな話、ごめんね」

葉子さんの声がその音に紛れる。

僕がなにを言ったとしても、きっと彼女には届かないと思った。

彼女もまた、孤独だと知った。


大学近くにあるプラネタリウムには初めて来た。存在自体は知っていたけれど、一緒に行く人もいないし、特に星空に興味があるわけでもなかった。

うちの学生はデートでたいてい一度は訪れているとは聞いたことがある。

「眠いし」

朝から何度目かのセリフを吐いて邦俊は大あくびをした。バイトの夜勤明けの邦俊を迎えに行ってからここに来た。約束の午前十時にはまだ早く、碧と紗矢の姿は当然のようになかった。

「クイズの答えがプラネタリウムにあるのかよ」

ベンチに体を投げ出すように横になった邦俊は、太陽の光を嫌って両手でまぶたを押さえている。

「分からないけどヒントはあるかも」

「問題ってなんだっけ？　『夏の仲間外れの星座を答えよ』とか？」

「『夏に仲間外れになる切ない星の名前は？』だよ」

　邦俊の頭をずらしてベンチの端っこに僕も座った。十二月六日の日曜日は、やたら青い空が朝から主張していて、季節が少し戻ったように暖かい。

「星座じゃなくて星の名前かぁ。星の名前で知っているのなんて北極星くらいしかねえし、俺には無理な問題だな」

「僕も似たようなものだよ」

　夏の星座と言えば思い浮かぶものはいくつかある。けれど、星の名前と言われると全くと言っていいほど何も浮かばない。

　碧や紗矢も似たようなものらしく、まずは基本を勉強することになったのだ。というのも、このプラネタリウムで今月から始まった上映内容が『冬と夏の星座』だったから。

「なあ、悠希」

　邦俊が尋ねた。

「ん」

　まぶしさに目を細めて答えると、邦俊はまぶたを覆っていた手をずらして片目で僕を見てきた。

「そろそろ恋でもしたら？」

「唐突にどうしたの？」

苦笑する僕に邦俊は片肘《かたひじ》をついて起き上がった。

「マジの話だって。碧ちゃん、すごくかわいいし優しそうじゃん。紗矢ちゃんは気が強そうなイメージだけど」

さすがは女子を見る能力にたけている。けれど……。

「くにとこういう話はしたくない」

「なんでだよ。せっかく出会いがあったんだから積極的になれよ。ちょっとは俺を見習え」

自慢げに胸を反らせる邦俊。そうか、言ってなかったっけ。

「そういう問題じゃなくて、そもそも碧さんにはつき合っている人がいるらしいよ」

「それでもいいじゃん。恋愛に順番は関係ないし」

あっさり言ってのける邦俊に苦笑する。

「それはくにの中だけのルールにしておいたほうがいいよ」

ふと、昨夜の葉子さんの翳《かげ》った横顔が頭に浮かんだ。ルールを破れば誰かが傷つく。何年たっても癒《い》えない痛みが今も葉子さんを苦しめている……。

「そんなことよりクイズの答えを見つけなくちゃ」

暗い気持ちを振り切るように言うと、邦俊はあくびを逃がした。

「クイズに答えるとなにか景品でももらえるわけ？」

「もらえない。正解だった場合、杉浦教授っていう人が、僕と碧さんが希望している講義をやってくれるんだ」

「は？」

長い足を組んでから邦俊は頭をガシガシ掻《か》いた。

「なんの授業だよ」

「オーロラについての授業。ほら、前にも言った地球物理学の授業だよ」

さりげなく言うと邦俊は「オーロラ」とくり返してから口を閉じた。急に訪れた沈黙に話題を探した。

「そういえば、紗矢さんって邦俊にはやさしいんだよね。僕のことは目の敵みたいに接してくるのにさ」

「俺様の魅力に女子はイチコロだからな」

自慢げにアゴを上げる邦俊は、ひょいと肩をすくめる。

「てのは冗談で、親友である碧ちゃんを守っているつもりなんだろ？　碧ちゃんって誰にでもすぐ話しかけるから、変なタイプから好かれそうだしな。たとえばお前みたいなヤツに」

「え、なんでそこまで分かるわけ？」

　これには驚いた。邦俊の観察力に驚きを隠せない。

「お前は女子のことを知らなすぎるんだよ。碧ちゃんが取られるんじゃないかってビビってるんじゃねぇの？」

「それならくにのほうを警戒するのが普通じゃない？　くにの方がどう見たってモテそうだし、すぐに碧さんとも仲良くしゃべってたよね。それなのに紗矢さんはくにたちをニコニコ見ていただけだったし。本当に意味が分からないよ」

「知らないうちになにかやらかしたんじゃねぇの？　もしくは前世で相当な恨みを買われたかだな」

　イヒヒ、と笑う邦俊をひとにらみしてやる。

　僕が紗矢だったとしたら、絶対に邦俊の方を近づけないようにするだろう。けれど、あの日の紗矢は邦俊に対しては終始笑顔。それも仮面じゃなく、本当に楽しそうに話をしているように見えた。

「本当のところを言うと、俺には理由は分かってるけどな」

「え、どんな理由？　僕、なにをしちゃったんだろう」

　ひょっとしたら教室で初めて会ったと思っていたのは自分だけで、以前になにか接点があったのかもしれない。急激に不安になる僕に、邦俊はなぜか大きく首を横に振った。

「あーあ。だからお前はモテないんだよ。紗矢ちゃんが俺を警戒しない理由なんてひとつしかないだろうが。マジで分からないのか？」

「うん」

「ったく……」

嘆きながら邦俊は「ほら」と右手を広げて僕の前に出した。

「指輪だよ」

シルバーの指輪がキラリと光っている。

「紗矢ちゃんは俺の顔を見る前に一瞬だったけど素早く観察していた。視線の動きで俺の右手の指輪を確認したのが分かった。俺に彼女がいるのが分かり安心してバリケードを解いた。そういうわけ」

言われてみればあの時、僕も紗矢の視線の動きを見ていたはずだった。てっきり邦俊の持つコピーの束を見ていたのかと思っていた。

それにしても恐るべき紗矢。そこまで見抜いていたとは……。もしも邦俊には『恋愛のルールがない』と伝えたならどんな反応をするのだろう。

そんなことを考えていると、

「あ、いたいた。ほら碧早く」

階段をのぼりながらうしろに声をかける紗矢が見えた。噂をすればなんとやらだ。遅れて、今日はストレートの髪を三つ編みに結っている碧の顔が見えた。薄手のコートの中には大きなチェック柄のシャツがのぞいている。

僕の顔を見るとうれしそうにほほ笑むその顔を見て、急に胸が高鳴るのを感じた。

僕の前まで来ると、

「おはよう」

碧はいつものように挨拶《あいさつ》した。教室では同じように返せているのに、外で会っていること、さらには邦俊までがそばにいることで、ごにょごにょとうまく挨拶を返せなかった。

少し怪訝《けげん》な顔をした碧だったが、ベンチに座っている邦俊に挨拶をし出したので、意味もなくガラス戸の掲示板に貼ってあるポスターを眺めた。文字なんてなんにも頭に入って来ない。

これじゃあまるで片思いみたいじゃないか。頭でする声に『そんなわけない』と秒で突っ込みをいれた。単に女子と話をするのに慣れていないだけ。ましてや学校の外という非日常のせいだ。

気持ちを落ち着かせてから余裕な顔を作りふり返ると、目の前に碧が立っていたので驚く。

「うわっ」

「おはよう、悠希くん」

つるんとした頬を太陽に光らせて碧はそう言った。

「びっくりした。驚かせないでよ」

ヘラッと笑う自分がまるで違う人みたい。ああ、そうか。紗矢もこんなふうにして仮面をつけてやり過ごしているのかもしれない。

「おはよう、ってもう一回言って」

珍しく食い下がる碧。うしろにいるふたりがこちらに注目しているのが分かった。

「挨拶ならもうしたよ」

意地にならず挨拶すればいいのになぜか僕はそう言っていた。そういえば碧はいつだって朝の挨拶にこだわっていたよな……。

「聞こえなかったもん。朝の挨拶は大切なんだからね。ちゃんと言うこと。ほら、もう一回」

理由が分からないけれど、冗談っぽい言い方をする碧の目は、見たこともないほど真剣だった。そして、悲しそうに見える。

言いようのない不安の正体は罪悪感。僕のせいで彼女を悲しませている……？

「お。おはよう」

恥ずかしさを捨て大きな声で言った瞬間、彼女の目はいつもの柔和なものに戻った。

「よくできました。じゃあ行こう」

歩き出す碧にみんながついて行く。けれど罪悪感はまだ僕に引っついたまま追いかけてくるみたいだった。


会場内の照明がゆっくりと落とされていく。

映画がはじまる時と同じように非常灯の緑色だけが取り残された。映画館と違うのは、椅子がリクライニングシートになっていて座れば自動的に視線がドーム型の天井に向くようになっていること。

さっきまで真っ白だった丸い天井には今、青空があった。実際の空ではなく、投影された映像の青空。プラネタリウムというと画像が粗いイメージがあったけれど、最近のは実物かと思うほどリアルだった。

「本物みたいだね」

隣の椅子に座っている碧が言った。同じことを考えていたことを知りうれしくなる。そしてすぐにその気持ちを打ち消した。

「実際よりキレイかも」

紗矢が答える声がする。どうやら女子二人で話をしているらしい。話しかけられたと思うなんて自意識過剰もいいところだ。

碧と出会って二カ月が過ぎ、アンバランスだった学生生活が少しだけ楽しくなった気はしている。けれど、その分感情がアンバランスになっているようじゃ結果マイナスだ。

色のない世界に急に現れたから、きっと動揺しているだけ。もしこの気持ちが恋だとしたら自分がどうなってしまうのか怖かった。

恋をして失う時の苦しさを知っている今、前のように自分を見失うのは二度とごめんだ。

できるなら恋の診断をしてくれる恋愛の専門医がいればいいのに。恋の引きはじめだとしたら、風邪の時みたいに処方薬を出してもらいたい。そうすれば寝ているうちに治るだろうから。

鼻から息を吐きながらあたりを見回す。

小さな会場だったけれど日曜日ということ、さらに新しい上映内容ということもありたくさんの人でにぎわっている。

ちなみに四人並びでは空いていなかったせいで、邦俊はひとりだけふたつうしろの席に座っている。これは邦俊が主張した『公平にくじ引きで席を決めよう』という案の結果なので仕方ない。

そっちを見ると、青空の光に照らされた邦俊はすでに寝てしまっているようでぽかんと口を開けている。

案内役の女性がマイクを手に非常時の説明をはじめたが、子供たちが騒ぐ声で聞こえにくい。

「ねぇ、悠希くん」

顔を右に向けると、近い距離に碧の顔があった。薄い光が顔に当たり、どこか幻想的に思える。

「実は、悠希くんに発表したいことがあるの」

「……なに？」

ヒソヒソ声で尋ねる僕に、碧はさらに顔を近づけて来た。

「私が調べたところによるとね、なんと、日本でもオーロラが見られる場所があるんだって」

「え……」

あまりに予想外の発表に固まってしまう。冗談かと思ったが、碧は笑うことなくまっすぐに僕を見ている。

「そんなことありえない」

ようやく言葉にすると碧はわずかに瞳《ひとみ》を大きくした。

日本でオーロラが見られるはずがない。だって、僕は——。

僕の思考を遮るように、

「ほんとだもん」

碧は声を大きくしたので慌てて人差し指を自分の口に当てた。けれど、彼女はさらに顔を近づけて抗議の姿勢を見せてくる。

「ちゃんと調べたんだからね」

「ありえないよ。カナダやノルウェーとかにあるオーロラベルト付近じゃないと絶対に見られないんだよ」

北の地にはオーロラが出現しやすいドーナツ型のオーロラベルトと呼ばれる場所がある。日本からはるかに遠いその場所でも、たまにしかオーロラは見られないのだから、日本で観測できるのは奇跡に近いことだ。

しかし、碧は断固として譲る気はないらしい。

「じゃあ約束する。私が必ず、悠希くんにオーロラを見せてあげるから」

そろそろ子供たちも静かになってきた。

「期待せずにいるね」

そう言うと碧は「うん」とうなずいてから上空の映像に戻った。

「クイズの答え分かるといいね」

ささやくような声に僕も空を見た。内緒話をしているみたいでくすぐったい。

碧の顔に当たる光がだんだん弱まっている。見上げればさっきまで青空だったはずの天井は、夕暮れのオレンジ色に染まっていた。

前に立つ案内役の女性がペンライトを灯《とも》し、それがまるで一番星みたいに見えた。

「皆様、それではこれより星の世界へご案内いたします。夏と冬の星座をぜひご覧くださいませ」

上空の夕暮れは紫色が濃くなっている。

「悠希くん」

もう碧の表情は見えない。

「ん」

「さっきの約束、忘れないでね」

そう言った碧。彼女は本気で約束を果たすつもりみたいだ。

「うん」

力を込めてうなずいてから視線を上空のスクリーンに戻した。

「皆様、ご覧ください。夏の星が空一杯に広がっています」

案内役の女性の声とともにいたるところで歓声が上がった。思わず僕も声に出しそうなほど、夜空にはたくさんの光が瞬いていた。

白色や黄色、オレンジや赤い星が視界いっぱいに映り、まるで宇宙に浮いているみたいだ。

ちょうど真ん中、縦断しているひときわ白く輝いている帯が天の川だろう。

「天の川の中に明るい五つの星が見えます。線でつないでみましょう」

星と星が線でつながれた。十字架のようにクロスしている星座が現れた。

「この星座の名前はなにか分かりますか？」

「……はくちょう座？」

かすれる声で碧がつぶやくのが聞こえた。

「こちらは、夏の星座の代表と言ってもよいほど有名なはくちょう座です。今、ご覧いただいているのは七月七日の夜空となります。この日は何の日か分かりますか？」

「七夕に決まってるじゃん！」

子供たちの叫ぶ声に続き、大人が笑う。

「正解です。夏の空で星座を探す時は、はくちょう座から探すと見つけやすいと覚えておきましょう。そして、その下に二つの明るい一等星が見つけられます。こちらはわし座の一等星アルタイルとこと座の一等星ベガです」

白くつながれた線にそれぞれワシと琴のイラストの輪郭が重ねられる。

「はくちょう座のデネブ、わし座のアルタイル、こと座のベガを結ぶ線を『夏の大三角』と呼びます。彼らはとても仲良しの星座なんですね。けれど、その仲良しの星座にも仲間外れの星があるんです」

……え？

思わず隣を見ると、碧もまた驚いた顔でこっちを見ていた。

「ねぇ、これって」

「うん……」

紗矢の表情は見えないけれどきっと同じように思っているのだろう。

「七夕には年に一度だけ、天の川を挟んで愛し合う恋人たちが会うことができるという伝説があります。七夕の主人公である織姫の星はこと座のベガ、彦星《ひこぼし》の星はわし座のアルタイルです」

ごくりと唾《つば》を飲む音がやけに大きく聞こえる。

「仲良しの三人組のうち、アルタイルとベガは恋人同士なんですよね。つまり、はくちょう座のデネブだけは仲間外れなんです。愛し合うふたつの星を見守るだけのデネブは少しさみしい星ですね」

間違いない、これが答えなんだ。

そう思った瞬間、僕の右手に何かが触れた気がした。碧の左手が僕の手のあたりに置かれている。

「クイズの答え見つけたね」

うれしそうに笑う碧は降り注ぐ星の光の中、あまりにも美しかった。

そして僕はもうひとつ、答えを見つけた。

——僕は今、君に恋をしているのだろう。

【第三章】悲しみの中で僕らは

【ノルウェー】

11月6日（金）

『日本でもオーロラが見られるんだよ』

あの日、君はそう言っていた。

そんなことあるはずがないと否定する僕にムキになって反論していたよね。

すねた顔の君はかわいくて僕はわざと怒らせたりしたっけ。

こうして離れていても、今も君がそばにいる。

屋上のデッキで白く凍る山や無数に模様を打つ波を眺めても、モノトーンの景色を見るように心は動かない。

君がいなくなってから世界は色を変えた。

絶望という名の暗い穴の底でうずくまる僕に誰もが手を差し伸べてくれた。

なのに、僕はそれを拒否して君との過去に執着をし続けている。
『君がここにいてほしい』と、今も祈り続けているんだ。
もしも……オーロラが見えたなら。
僕のためだけにオーロラが見えたならば、君のことを忘れなくてもいいですか?

ルーカスは毎回朝食に遅れてやって来た。

そのたびに寝癖のついた髪で『ユーキ、ここにいたのか。探したよ』と、定型文のように口にする。

そしてついに今朝は朝食の時間が終わっても現れなかった。仕方ないので九階にあるデッキでベンチに座っている。

バタバタと足音がして、彼の登場を耳で知る。

「ユーキ、ここにいたのか。探したよ」

相変わらずボサボサの髪で隣に座ると、両手に持ったマグカップのひとつを差し出してくる。湯気がもうもうと出ているカップは、きっと紅茶かなにかだろう。甘い香りがする。

「まったくどこに行ったかと思ったよ」

目やにのついた瞳《ひとみ》を向けてくるルーカスに、思わず噴き出しそうになる。

「今日も寝坊でしょ？　別に僕に合わせなくてもいいし、街歩きの時間までに起きてくれれば問題ないよ」

　マグカップを受け取りながら言う。

「心外だな。遅刻したわけじゃない。ボクはこう見えても時間にはうるさいんだ」

「遅刻じゃないよね。でも、ひとりのほうが気楽だからほんと気にしないで」

　マグカップに口をつけた僕を襲う強烈な匂い。

「うわ！」

　叫んだあと激しく咳《せ》き込んでしまった。

「これ、お酒じゃん」

　涙目で抗議すると、ルーカスはきょとんとした。

「ノルウェーでは当たり前のこと。お酒に驚くなんて、ユーキはそれでも大人なのか？　この国ではみんな十八歳からお酒を飲んでいる。じゃあ煙草は？」

「吸わない。ていうか、そんなことで大人かどうかの判断なんてできないよ。考え方や精神とか振る舞いとかで判断すべきじゃない？」

　ぶすっと答えるとルーカスは初めて聞いた言葉のように目を丸くした。

「ユーキってたまにすごくオジサンみたいなこと言うね」

「ルーカスのほうがおじさんでしょ」

不機嫌に返す僕に、ルーカスはやおら立ち上がった。

「ひどい。ボクまだ二十七歳だよ！」

「はは」

てっきり冗談かと思って乾いた笑いをするが、ルーカスは例のじとっとした目で僕を見てくる。

「え……本当に二十七歳？」

「そうだよ。たしかにボクの方が少しオールド。でも、オジサン違う。キミのほうが見た目で判断してる」

「たしかにそうだね。ごめん」

ここぞとばかりに攻撃してくるルーカスは傷ついたように天を仰いでいる。

まさかそんなに若いとは思ってもいなかった。

「いいよ。まあボク、大人に見られがちだから」

マグカップをあおるルーカスをまじまじと見た。顔の彫りが深いから、もしくはひげのせいだろうか。なんにしても自分の非は認めなくてはならない。

その時、船がブオオオと蒸気音を響かせた。座っている椅子が揺れるほどの大きな音だった。どうやら港に寄港するらしい。

「トロンハイムに着くね。ノルウェーで三番目に大きな町。滞在時間が長いからレンタカーを借りようか。バロック様式の教会とか旧市街を見せたい」

　提案するルーカスに「うん」とうなずく。

「たまにはユーキが運転するといいね。運転に慣れてなくてもダイジョブ。道が広い町だから。国際免許は持ってるんだっけ？」

　予想外の話の流れに固まってしまう。

「あの、ね……。実は……運転免許自体を持っていないんだ」

　おずおずと言えば、

「免許も持っていないなんて、キミは本当に大人なのか？」

　ルーカスは大きすぎるため息を漏らした。


　知らない町を歩き、見て、食べて、疲れて船に戻る。

　僕はまたエレベーターに乗りデッキへ向かっていた。ドアを開けて外に一歩出たとたん強い風が攻撃してくる。マフラーを口元まで上げ、毛糸の帽子を目深に被《かぶ》っても痛いほどの寒さだ。

　朝とは違い、デッキに乗船客の姿はなかった。

　まだ夕方というのにすでに山の向こうに太陽は落ちていて、山際あたりが薄くオレンジ色を残している。目線を上にやるほどに空は色を濃く塗り、星もまばらに光っていた。北上するにつれ気温はぐっと下がってきているようだ。

手袋をはめた手を手すりに置き、海面を見おろせば船に押された部分だけ白く泡立っていた。

そしてまた現実から目を逸《そ》らせ、君との思い出へと戻る。

日本から離れれば、君とのことを整理できるかと思っていた。けれどこの数日間、一度たりとも消えたりはしない面影。

知らない街角や船からの景色にさえ君を見る。むしろ、前よりももっと考えてしまっている。

空には北斗七星やオリオン座がその姿を主張している。

——どうか僕のためにオーロラを見せてほしい。

そうすれば君のことをこれからも思い続けられる。

空に願いを、自分に希望を。

それから何度か部屋に戻ったり、夕食をルーカスと食べたりした。九階のデッキを本拠地と決めて、夜中まで空を眺め続けた。

どんなに願っても、オーロラがその日現れることはなかった。

【日本】

十二月は好きじゃない。

合言葉のように『忙しい』が連発される中、町は控えているクリスマスに浮かれているし、電車は厚着のせいで混み合う。忘年会帰りのサラリーマンが徒党を組むように歩き、呼び込みのバイトに足を止められることも多い。

けれど、好きな時期がなかったわけじゃない。

――あれは高校一年生の冬のこと。

いや……やめよう。もう思い出は捨てたはず。

グラスをあおると、氷の溶けた薄味が口に広がる。向かい側の席では、さっきからビールばかり飲んでいる邦俊が赤ら顔でスマホをいじっている。

忌まわしき一カ月と認定している十二月の半ば。普段なら駅前は避けているのに今日は邦俊に呼び出されたのだ。なんの話かは分かっている。

駅前にあるビルの五階にある居酒屋は、邦俊のバイト先のひとつ。わざわざ休みの日にバイト先で飲まなくても、と思うのだけれど、邦俊は心底この店を愛しているらしく、少しでも売り上げに貢献したいらしい。

まぁ、安いし味もいいので人気があるのも納得できる。その熱心さを大学の単位取得に向けていれば、今ごろ僕と同じくのんびりと四年生を過ごせただろうに。

「でさぁ、結局連絡が取れなくなったわけよ」

騒いでいるサラリーマンに負けないくらいの声量で邦俊は言った。

「電話もメールも？」

「メールなんてとっくに拒否設定されてる」

「なんでそうなるわけ？　前までは『うまくいきすぎて怖い』なんて言ってたのに」

後輩らしい店員にビールのおかわりを頼んでから、邦俊はだらんとテーブルに右頬をつけた。

「そんなの俺が教えてほしいよ。ただ、最後の電話でそれらしいことを言われたけど」

「なんて？」

ぶすっと唇を尖《とが》らせた邦俊の視線がこっちを向いた。

「『あなたの心はどこにあるの？』って」

「……また？」

「そう、その『また』だよ」

ガバッと体を起こし邦俊が嘆く。

「なんでいつも同じ言葉ばっか言われんだよ。すげぇいい感じでつき合ってるのに、『他人には優しいのに、友達には優しくない』とか『心が冷たい』とか最後はそればっか」

新しいビールがテーブルに置かれる。店員がすまなそうな表情をしたので軽く会釈をした。毎回フラれるたびにここに呼ばれることは周知の事実らしい。

「俺だってさ、たまには恋人とクリスマスを過ごしたいよ。なのに、毎年直前でフラれるのは呪いとしか思えない」

「お祓《はら》いでもしたら？」

「悪魔祓いのほうがいいかもな」

やけ気味にビールを飲んでから邦俊は、口につく泡をこぶしで拭《ぬぐ》った。

「しょうがない。今年も悠希と遊んでやるよ」

「別にいいよ。今年もバイトだし」

「そう言うなって。それとも碧ちゃんと約束してたりするのか？」

「ないない」

軽く笑ってみせた。大丈夫、態度には出ていないはず。

「なんでよ。仲いいし、お似合いだし」

「ないない」

もう一度くり返してから飲み物を頼んだ。赤くなっているのはお酒のせいにして、早くこの話題から脱出しないと。

「言ってる間に後期のテストがあるんだし、お正月はうちで勉強でもする？」

「その話題は勘弁。あんま早くやり過ぎると忘れちゃうだろ。久しぶりに実家に帰るつもりだし――悠希も帰るんだろ？」

　煙草に火をつけた邦俊から白い煙が生まれた。

「今年は帰らないつもり。――禁煙したんじゃなかったっけ？」

「フラれた日くらい好きにさせろよ。って、最近全然帰ってないじゃん」

「まぁ、ね」

　歯切れの悪い言い方になってしまう。邦俊はそれ以上追及することなく、吸いかけた煙草をすぐに消してくれた。

「それにあのアパートにいるのもあと少しだから、こっちにいようかなって思ってるんだ」

　言い訳だな、と自分でも思った。

「就職先は結局あのままなわけ？　旅行会社って大変だろ？」

　そう言われて、久しぶりに四月から働く会社を思い出す。内定をもらってからもどこか他人事《ひとごと》なのは今も変わらない。

「旅行会社じゃなくて、正式には『総合旅行事業』だね」

「どっちでもいいよ」

「そういうくには、結局浜松に残ることにしたわけ？」

　話題を変えると、邦俊は鼻から息を吐いた。

「観光協会って楽しそうじゃん。それに俺、この町に惚《ほ》れてるし。なんなら副業でこの居酒屋も続けるつもり」

　ヒヒと歯を見せて笑う邦俊は、目をこすった。これは酔いが回っている証拠だ。そろそろ会計をしたほうがいいかも。

「そもそも悠希は旅行好きじゃないだろ？　ここんとこどこにも行ってないじゃん」

「たしかに行ってないね」

　中規模の会社だけど、待遇もいいし何よりも会社の雰囲気が良く見えたのが志望の理由。それ以上のものは今も思い浮かばないし、それ以下もない。

　ふと、碧とした約束が頭に浮かんだ。最近はなにかにつけてすぐに考えてしまう。振り払うようにわざと首を大きく横に振った。

「一応、上場企業だしね」

「んなの、どうでもいい。それより卒業旅行は海外に行こうぜ。俺行ったことないんだよ。まずはパスポート申請しないと。今度やり方教えてくれよな」

　そんなことを言う邦俊に僕は呆《あき》れるしかない。

「まずは卒業が決まらないと、だよ」

「うるせー」

大きな声で叫んだ邦俊がガハハと笑うのを見て、複雑な感情がお腹にうごめくのを感じる。

この先、僕にはなにが待っているというのだろう。

大学を卒業して、引っ越しをして就職先で自己紹介をする。敬語だけを使う生活にも慣れ、いつかは先輩になる。

将来に夢や希望なんてない。そんなものとっくに捨ててしまった。

それでも、生きていくしかないんだよ……。

「くにはいいよね」

思わず出た言葉に、邦俊は顔をしかめる。

「なにがいいんだよ。クリスマス前にフラれたってのに」

「それでも毎日がすごく充実してそうに見える」

「お前もだろ。就職先も決まって単位も取れてる。待っているのは輝かしき未来。これからなんでも好きなことできる可能性を秘めているんだよ、俺たちは」

ドラマみたいなセリフを邦俊は口にした。

「そうかもしれない。けど、そうじゃないかもしれない。もうずっと、ただなんとなく毎日をやり過ごしている感覚だし」

こういうことを言うと、邦俊はいつも少し悲しそうな表情になる。今も、一瞬だけ眉《まゆ》を下げてから、すぐに大きな声で笑った。

「それも青春ってことだ」

「こんな歳まで青春なわけ？」

「自分で思えばそうなる。そんな顔してんなよ。せっかくの酒がまずくなる」

すっかり失恋の痛手から立ち直ったみたいだ。女子にはモテるはずなのに、毎回最後はフラれている友と僕は、まるで正反対の性格。

だからこそ長年友達でいられるのかもしれない。

「悠希もそろそろ恋でもすればいいのに」

「……またその話題？　もういいってば」

跳ねる心臓を無視する僕に、「あっ」と邦俊が大きな手でひとつ打った。

「そういや、この間のクイズの答えが分かってよかったな。オーロラの講義、やってもらえてるんだろ？」

恋愛話に戻るかと構えていたのでホッとした。

「そうなんだよ。おかげさまで念願のオーロラについて教えてもらってる」

「ほら、それも青春ってやつだ」

こじつけだと思ったけれど、曖昧《あいまい》にうなずいておく。

プラネタリウムで見つけた答えは見事正解だった。が、授業内容を変更するには大学への手続きが大変らしい。まさか当てられると思っていなかったのだろう、杉浦教授はさんざん悩んだ挙句に僕たちが空いている時間を使って特別授業をしてくれることになった。

昨日、第一回目の授業があった。オーロラが発生する仕組みについて知ることができ、あっという間に時間は過ぎた。

「デネブ、だっけか。答えを聞いても俺は意味不明だったけど」

「爆睡してたしね」

「しょうがねぇだろ。あそこはデートで死ぬほど行ってるところだし。ま、なんにしても悠希はついてるよ。楽しいことだらけじゃん」

「そうかもね」

そうやって僕はまだ見ぬ未来に目を伏せて笑う。

真っ暗闇な未来の中にもしもひとつだけ希望があるとすれば、それは碧だ。ほのかな光が見えるのに、僕はまだここから動けずにいる。

それは、恋をしている自分を恥ずかしく思うほどの弱さだ。

「今日はここまで」

杉浦教授の声に急に現実世界に戻された。薄暗い教室に照明のスイッチを押す音が鳴り、天井のLEDが一斉に光る。

まぶしさに目を細めると、正面のスクリーンに映っていた世界地図は色を薄めている。

右隣の席の碧がノートにメモを取っているのが視界の端で確認できる。なにごとにも集中するタイプの碧は、目の前の世界に没頭することが多い。

あまり見ないようにしないと……。

彼女を好きだと認めてからまだ一ヵ月も経っていない。自制しても、気づけば彼女を目で追っている。

ノートを書き終えたらしく碧は下敷きを外すと、それをメガネのように自分の目に当てて薄い世界地図を眺め出した。まるで子供みたいで笑ってしまいそうになる。下敷きは緑の蛍光色で透明タイプ。オーロラ好きの彼女らしいチョイスだ。

やがてプロジェクターの電源が落とされたらしく、モーター音とともに世界地図も消えた。

残念そうな表情で下敷きを置く碧から強引に視線を前に向ける。

ノートパソコンをカバンにしまいながら、

「来週が最終回ってことでいいよな」

なんでもないような口調で杉浦教授が言った。

「えっ。もう終わりですか？」

碧の質問に杉浦教授はあからさまに怪訝《けげん》な顔をした。

「しょうがないだろ。来週は二十三日。次の日から君たちは冬休みだろ」

「年明けからすればいいじゃないですか」

「冗談じゃない。俺は、年末年始は家族サービスをしなくちゃならん。例えるなら『言われるがままのロボット』。なんでも『はいはい』と言うことを聞く期間だ。今年はドイツに行くと嫁が張り切ってるから覚悟しないと。ちなみに、年明け一回目の地球物理学は休講になるから。時差ボケのせいでだいたい寝込むのも恒例。例えるなら、『燃え尽き症候群』ってとこだ」

碧は複雑そうにパクパク口を開いてなにか言いたそうにしている。って、また見ちゃってるし。

「じゃあ、じゃあ……せめて質問タイムをお願いします」

「ダメだ。次の授業があるからな。てことで、また来週」

さっさと教室を出て行こうとする杉浦教授。

やおら立ち上がった碧が、

「荷物見てて」

紗矢に告げると追いかけて行く。

「歩きながらでも質問させてください」

すがる碧の声が遠くなっていくと同時に、教室には無音が訪れた。紗矢は開きっぱなしの教室の扉を見ている。

なぜか音を出してはいけない気がして、手さぐりで自分のバックパックを探した。指先に触れるキーホルダーを引っ張りチャックをそっと開ける。

普段は気にならない音がやけに教室に響いている。

「碧のことが好きなんでしょ」

紗矢の言葉はたしかに耳に届いた。聞こえなかったフリなんてできない距離なのに、僕は黙ってバックパックにノートを落とす。なにも言えなかったのだ。

「どうなのさ」

さらに問い詰める紗矢に鼻から息を吐く。

「……そんなことない」

なんて力の入っていない言葉だろう。張りぼてみたいに薄っぺらな否定は、ちょっとした風であっけなく倒れてしまうだろう。

「嘘」

「嘘じゃない」

「やっぱり好きになったんだ」

「違うって言ってるよね？」

信じてくれない紗矢に半ばムキになっている。そんな言動こそが嘘をついている証拠だと、自白している気分になる。

最初から紗矢は僕の感情の動きを予想していたのかもしれない。だからこそ警告をしたし、僕にだけ当たりがきつかったのかも。

そしてまた、沈黙。

気まずい雰囲気は場を重く浸す水のよう。なんて息苦しいのだろう。

ギイと音がして、紗矢が椅子から立ち上がり僕の前に立つ。見なくても怒っているのは伝わる。

「あたし言ったよね。碧には彼氏がいるって」

――そんなの知っているよ。

「それなのにどうして？」

――分からないよ。

言葉にすればすべて見透かされそうで、首を振ったりかしげたりする僕はピエロ。

恋なんて、と思っていた自分はまだここにいるのに、磁石に吸いつけられるように抗《あらが》えないなんて。

「もう碧には会わないで」

死刑宣告のようにその言葉は胸にずしんと落ちた。

ショックとか怒りとかよりも先に、ひょっこり顔を出したのは悲しみだった。それは一気に胸の中で広がり目の前を暗くするほど。会えない未来を想像しただけでこんなに悲しいなんて……。

なにも言えないでいると、紗矢は「まあ」と続けた。

「オーロラの授業も来週で終わりだよね。てことは、目的は果たせたわけじゃん。もう来年からは地球物理学の授業を受ける必要もなくなるってことだよね？」

「そうだけど……」

「あたし、悠希くんのこと嫌いなの。だからもう、あたしたちの前に現れないでよ」

そこまで嫌われているのかと軽いショックを覚えるけれど、自業自得だとも思う。

悲しみはさっきよりも色濃く、呼吸を苦しくさせる。

『あたしたち』の中に僕が入ることはないし、紗矢に言われたように碧と会うことで感情が乱されているのも事実。

だけど……もう一度恋ができたことは、僕にとって大きな意味がある。このまま会えなくなるなんて……嫌だ。

その時、教室の床が鳴った。

「紗矢、なに言ってるの？」

いつの間にいたのか碧が戸惑った顔を浮かべて立っていたのだ。

「え、いつからいたの？」

驚く紗矢に碧は、

「『あたし、悠希くんのこと嫌いなの』ってとこ。なんでそんなこと言うの？」

「だって……」

「悠希くんのことなにも知らないのに、そんな言いかたしないで」

突き放すように言葉を投げる碧に、場の空気が変わるのを感じた。さっきまでの息苦しさはなく、うれしさがこみあげる。

碧がかばってくれた……。

ところが碧はまだ絶句している紗矢に近づくと、なぜかニッと笑った。

「本当は私もよく知らないんだけど、紗矢よりかは知ってるんだよ」

そうしてから碧はパチンと両手を合わせた。

「そこで提案なんだけどね。みんなで北海道に行かない？」

「え!?」

思わず声が出てしまう。聞き間違いかと思ったが、同じように紗矢もぽかんと口を開けている。

「まずは理由を聞いて。日本でオーロラが見られる場所はいくつかあるんだけど、有名なのは北海道だってネットに載ってたの。杉浦教授にも聞いてきたから間違いなし」

「待ってよ。北海道、ってあの北海道のこと？」

あの、に力を入れて尋ねる紗矢に碧はうなずく。

「あの北海道だよ！　これはもう行くしかないでしょ！」

キャーと叫びそうなほど興奮している碧。逆に、僕と紗矢はさっきまでのことは置いておき顔を見合わせる。

「それでね、それでね」

そんな僕たちに気づくはずもなく、すっかり碧のテンションは上がっている。

「お正月はみんな予定が入ってるでしょう。私も実家に戻らなきゃだし、どのみち飛行機も取れないと思うの。でも、講義が年明けは休講になるってさっき言ってたよね？　そのあたりで決行しようよ」

早口で話を進める碧に、紗矢がストップをかけるように右手を広げて前に出した。

「でも、他の授業はどうするの？　就活だって年明けは――」

至極もっともな意見の紗矢に、碧は「もう」とすねた顔になる。

「休むといっても数日のこと。土日も入れればいいし。そうだね、邦俊くんも入れて四人で行こうよ。交代で運転すれば楽しいし、なによりお互いをもっと知れば好きになると思うんだ」

　ドンと腰のあたりを叩《たた》かれた。紗矢が『なにか言え』と合図を出しているらしい。

「あのさ……。僕、北海道はダメなんだ」

　これは本当のことだった。

「ダメ、って？　飛行機が嫌いなの？　乗り物酔いとか？」

「そうじゃなくって、なんていうか……北海道にいいイメージがないんだよ。だから行きたくなくって……」

　モヤッとする心を見ないようにするのが精いっぱいの僕に、碧は「約束」と口にした。

「私が悠希くんにオーロラを見せるっていう約束、覚えているよね？　私、絶対に約束を守ることで有名なの」

　初耳の言葉だけど、碧が言うとそんな気がするから不思議だ。

　本当に予測不能で、いつだって突然で。けれど、僕はまたそんな彼女に強く惹《ひ》かれていく。

　僕たちが黙るのを了解したと受け取ったらしく、

「じゃあ決まりね。まずは邦俊くんも入れて作戦会議しよう」

碧が大きく顔を縦に振った。長い髪が踊るようにしゅるんと波打つ。

あまりにもうれしそうな笑顔に僕も紗矢もそれ以上反対することはできなかった。

噂はやっかいだ。

少しの事実が憶測というコーティングをされキラキラ光っている。手に取った人はそれを眺めてから、新たなコーティングをして他の人に渡す。どんどん大きくなる噂は、もう中に潜んでいる事実の姿をも見えなくしてしまう。

だから、僕は基本的に噂は信じないし苦手。過去には僕もありもしないことを噂され、それがまるで本当のことのように扱われてしまった経験がある。

バイト先でも噂話は絶えることがない。特に早番の時間帯で客のいない時は噂話で盛り上がることが多い。中でもパートの犬塚《いぬづか》さんは特にすごい。

『こないだ辞めた留学生の子いたじゃない。あの子、駅裏のスナックで仕事しているらしいわよ』

『配送の松浦さん、仕事がうまくいってないんですって。たしかに最近疲れた顔してるものね』

『今のカップル見た？　あの女性のほうね、こないだまでは違う男と店に来てたのよ。きっと新しい男に乗り換えたのよ』

おそらく四十代半ばくらいだろうか。化粧っ気のない顔の犬塚さんは働き出して一年が過ぎたそうだ。それまでは専業主婦をしていたと本人が話していた。

誰かの『きっと』や『らしい』の話が好きで、ヒマさえあればそんな話ばかり。なによりも困るのは、大人しく聞いていると『市橋くんもそう言ってた』と共犯にされることだ。

なるべく近寄らないようにしているが、狭い店内だからどうしても顔を合わせることになる。今日はまだマシなほうで、ワイドショーをにぎわせている芸能人の不倫疑惑について独自の見解を延々と語っていた。

芸能人どころか、コンビニに来る客の顔にさえも興味がない僕にとって犬塚さんのくり出す話は未知のことだらけ。だから体以上に心が疲れてしまう。

もう少しで遅番との交代という時間になるころのこと。突然降りだした雨に急に客足が途絶えた。

「ねぇ、知ってる？」

出た、いつもの噂話の枕詞《まくらことば》が。

「なんのことですか？」

わざと忙しそうなフリで煙草を補充するが、犬塚さんは客がいないのを確認して近づいて来る。

「最近、夜勤のバイトの子のひとりが休みがちなんだって。風邪を引いたらしいけど怪しいわね」

「そうですか？」

「だって、この間は出て来たらしいのよ。でも、次の出勤の時にはまた体調不良。あれじゃあ、葉子さんも大変よね。休まれるたびに代わりに夜勤することになるんだもの」

　煙草のカートンを包んでいた透明のフィルムをゴミ箱に入れてから、ふと先日葉子さんが言っていた言葉を思い出す。

『離婚の原因は私にもあるの』、そう言っていた葉子さんがやけに悲しそうに見えたっけ……。それがなんのことなのか、あの時の僕は聞けずにいた。ひょっとしたら僕に詳しく話したかったのかもしれないな、と今さらながら後悔する。

　そうやって自分を責め続ける経験は、僕にも確かにあったから。

　思考は、「それでね」とまだ話し足らない様子の犬塚さんに遮られた。

「今日の夜勤から復活するらしいんだけど、私は怪しいと思ってるの。たぶん辞めるつもりなんじゃないかしら」

「今のところ連絡は来てないですよね」

「葉子さんに直接連絡が行ってるかもしれないけど、今日は本社で会議でそのあと忘年会らしいから代わりは無理よね。もし休んだらどうするのかしら」

思わず苦笑してしまう僕に、犬塚さんは「ん」とアゴを引いてから首をかしげた。

「私、なにかおかしなこと言った？」

「いえ、ちょっと思い出し笑いです」

なんてごまかしておくが、僕が笑ったのは『どうするのかしら』という犬塚さんのセリフ。もしもそのバイトが来なくても、犬塚さん自身はなにもしないのは分かり切っていることだから。

第三者的に意見を言うのは簡単だけど、言い捨てなら口を閉ざしておいてほしいものだ。誰にも他人の気持ちなんて分かりっこない。どんな憶測だってたどり着けないほど入り組んだ感情の奥深くに、真実はあるのだから。

気づくと重いため息をこぼしていた。

「それより市橋くんはクリスマスどうするの？」

笑ったりため息をついたりと僕がおかしな反応をするものだから話題を変えることにしたらしい。

「別になんにもないですよ。バイトですし」

「あらあら若いのに。彼女いないって聞いたけど、好きな子もいないの？　よかったら相談に乗るから話してみてよ」

冗談じゃない、とあとずさる。犬塚さんに話をしたなら翌日には全員に知れ渡ってしまうだろう。

いや、無愛想な僕のことなんて誰も気にはしないか……。

「好きな人なんていません。ドリンク補充行ってくるんでレジお願いします」

不平の声を背中で聞きながらバックヤードに逃げる。

高校の時以来の片思いをしているこの頃は、なんだかおかしな気分だ。碧を思えば幸せな気持ちになれる時期はもう過ぎ、今ではもどかしさに叫びたくなる時もある。

それとは別に、思い出さないように努めてきた過去の恋がフラッシュバックし僕を苦しめる。

薄暗いバックヤードには店内の光が漏れている。碧が光なら、僕は闇。けっして交わることなく同じ時間の中にただ滞在しているだけ。

紗矢が忠告してくるのも、僕に冷たいのも納得ができる。大人になっていくほど恋は難しいんだな……。恋のルールがややこしくなり、最初からあきらめるしかないのだから。

暗い気持ちを拭《ぬぐ》うようにバックヤードから出ると、犬塚さんが「ねぇねぇ知ってる？」と相も変わらず話しかけてきた。

聞こえないフリをして手を洗う。早く遅番のメンバーが来ればいいのに。

「葉子さんってね、もともとはオーナー夫人だったらしいわね。ご主人さんがオーナーだったんですって。私、全然知らなかったの」

「らしいですね」

　ペーパータオルで手早く水気をふき取りながら答えると、犬塚さんはなぜか得意げな顔をした。

「じゃあこれは知ってる？　元オーナー……高木さんだっけ？　と、なんで離婚することになったか」

「それは……知りません」

　聞きたくないと言えばよかったのに、答えを待つように僕はその場に立ったまま。そんな僕に犬塚さんはいつものように顔を近づけてくる。

「オーナーの高木さんがね、駆け落ちしたらしいのよ」

「……まさか」

「そう思うでしょう？　私も信じられなかったけれど、これはたしかな筋からの情報なの。というのもね——」

　思わせぶりにたっぷり間を取ってから犬塚さんはさらに小声になる。

「高木さんはここでバイトしていた女子大生と駆け落ちしたんだって。その子の母親の友達って人から聞いたからこれは間違いないことなの」

「え……」

「葉子さんかわいそうね。信頼していたバイトに夫を取られたんだもん。しばらくたって離婚届が送られてきたらしいのよ」

先日来た中年客を思い出す。もう顔はおぼろげだけど、彼は葉子さんを見ていたような気もする。やはりあれが高木さんだったのかもしれない。

入り口の電子音が鳴り、遅番のふたりが同時に顔を見せた。

「お疲れさまぁ」

なにごともなかったように挨拶《あいさつ》をした犬塚さんは、さも仕事をしているかのようなそぶりで肉まんのケースをせっせとタオルで拭《ふ》き出した。

クリスマスのＢＧＭが耳でざらついている気がした。

三澤さんから電話があったのはその日の夜のことだった。もちろんこれまで、彼から電話をもらったことなんて一度もない。

そもそも早番中心の三澤さんとは一緒のシフトになることも少なかったし、仕事以外で会話らしい会話なんてしたことがなかったから。

後期からシフトの数を増やしてからは同じ勤務になることも増えたが、彼がスタッフと世間話をしているのは見たことがない。パートさんたちの間では『早番の主』

『監督』というあだ名に加え、最近では『武士』と呼ばれているそうだ。これも犬塚さん情報。

『三澤ですが、市橋くんですか？』

　スマホからその声が聞こえた時、最初は誰か全然分からなかったほど。客相手ではない三澤さんの声はやけに低音で、だけど僕なんかに電話をしてくるということは、なにかあったのだとすぐに悟ることができた。

『夜勤のバイトが飛んでさ。もしよかったら、夜勤を手伝ってもらえないかな』

　一瞬、バイトが空を飛んでいるイメージが頭に浮かんだがそうじゃない。連絡もなく来なくなった、ということだ。

　普段会話をしない人からの電話なので思考が混乱しているみたい。

　昼間の犬塚さんの噂話を思い出しながら時計を確認すると午後十一時を過ぎたところだった。

『遅番のひとりが残ってくれているんだけど、明日早いらしくて。代わりを探しているんだよ』

「あの……僕、夜勤はしたことがないんです」

『理解しているよ。できる限りフォローするから、なんとか頼めないかな？』

　こんな話し方をするんだな。ぼんやりとそんな感想を抱きながら気づけば僕は「分かりました」と返事をしていた。

　それから三十分もしないうちに、僕はレジに立っていた。

「品出しが朝方にあるくらい。レジの精算とかは俺がやるので市橋くんは基本は裏で休んでくれてていいから」

「そんなわけには……」

「いいんだよ。ちなみに俺も夜勤は慣れてないんだけどね。なんたって『早番の主』だから」

　今、彼は少し笑ったのだろうか？　大きな丸メガネのせいで表情が曖昧《あいまい》に見える。僕の視線に気づいたのか、三澤さんがメガネを顔から取るとハンカチで拭き出した。

　初めて見る三澤さんの瞳《ひとみ》は鋭く、丸メガネの印象とはまるで違った。あまりに見すぎていたのだろう、

「市橋くんは視力がいいの？」

　こっちを見ずに三澤さんは尋ねた。

「コンタクトなんです」

　素直に答える僕に三澤さんは「そう」と自分のメガネを持ち上げた。

「これ、実は伊達《だて》メガネってやつ」

「え、そうなんですか？　てっきり視力が悪いのかと思ってました」

「かけてるとラクなんだ。俺は愛想がいい方じゃないし、それでこんな目つきだと怖がられるだけだしね」

「そんなことないですよ」

「いや、そんなことある。市橋くんだってすごく驚いた顔してたし」

ニヤッと笑う三澤さん。ずばり言い当てられ言葉に詰まる僕の肩をポンと叩《たた》いて、三澤さんは店内の整理に行ってしまった。

初めて普通の会話ができたことがうれしくてむずがゆい。実際に話してみると印象もまるで違うし親近感も覚えるものだと知る。

日付が変わるアナウンスが流れたころ、客足が途絶えた。店内からは真っ暗な外の様子は分からず、なんだか店自体が暗闇に浮かんでいる気がする。

そういえばプラネタリウムは楽しかったな……。碧は今ごろなにをしているのだろう。本当に北海道に行くつもりなのだろうか。

碧にはああ言ったけれど、日本でオーロラが見られることを僕は知っていた。昔、少しだけ日本でオーロラを探したこともあったから。だからこそ、出現する確率が宝くじが当たるくらいに低いことも知っているのだ。

そんな奇跡がたった数日の旅行で起きるはずがない。

碧は本気で見られると信じているように思えた。僕がオーロラを見たい気持ちの何倍もの熱意があるのだろうし、彼女にとっての約束は重要な意味を持っているのだろう。

あくび、ひとつ。

さすがに何時間も働いているのでつらくなってきた。見られていたのか、フライヤーを解体して洗っていた三澤さんが、

「仮眠取ろうか」

と首をこちらに向けた。

「二時間ずつ仮眠を取ることになっているんだ。まぁ、忙しくなれば出てもらうことになるけど、今日は行けるところまでひとりでやるから」

「すみません」

「謝ることないよ。もう少しでこれ終わるから待ってて」

「はい」

待っている間やることもなく、クリスマスケーキのチラシを眺める。明るい時間帯での勤務が多かったのでLEDがまぶしい店内はどこか違う店みたいに感じた。

三澤さんと朝までペアでの勤務になるわけだから、自分からもなにか話しかけなくてはいけない。そう思った僕はフライヤーを組み立てているうしろ姿に、

「聞きたいことがあるんですけど」

と声をかけた。

「うん」

「日勤の犬塚さんっているじゃないですか、あの人すごい噂好きなんですよね。で、今日もいろんな噂を聞かされたんですよ」

「らしいね。『早番の主』とか『武士』ってあだ名も、命名は犬塚さんらしいし」

「ご存じだったんですね」

「まあ、狭い店だからね。別になんと呼ばれても気にならないよ」

部品を組み立てる音に紛れ三澤さんの声がよく聞こえない。ケーキのチラシを元の場所に置く。

「三澤さんは前のオーナーの時から働いているんですよね」

返事が聞こえないので、そのまま話を続けることにした。

「元オーナーの高木さんの噂って知ってますか？　僕も聞いたばかりなんですが、このバイトの女子大生と駆け落ちしたって――」

そこまで言った時だった。

ガシャン！

部品を投げ捨てるような音に続き、

「やめてくれ！」

という絶叫が耳にうわんと響いた。三澤さんが叫んだと気づくまで時間がかかった。

すぐに三澤さんはハッと体を震わせると、

「いや……」

と首を振った。

「――そういう話は葉子さんに悪いだろ」

まだ心臓がバクバクしている僕に言い、三澤さんは落とした部品をゆっくりした動作で拾う。今さらながら体から血の気が引いていく。

「噂話は好きじゃないんだ。それに起きたことは本人たちにしか分からない。俺たちがとやかく言うべきじゃない」

僕も同じように噂話は嫌いだった。それなのに、まるで自分が楽しんでいるように思われてしまったことがショックだった。

「すみませんでした」

「いや、俺も怒鳴って悪かった。もういいから、仮眠しておいで」

優しい声を意識しているのが伝わるけれど、三澤さんはもう僕に背を向けてしまっていた。

「失礼します」

事務室奥にある小部屋に入り電気もつけずにパイプベッドに横になった。遠くでまだジングルベルがかすかに聞こえている。

「ああ」

自己嫌悪がため息になる。なんであんな話しちゃったんだろう……。

スマホで目覚ましをセットすると目を閉じた。まだ三澤さんの叫びが耳に残っている。単に噂話が嫌いなだけじゃなく、どこか悲痛な叫びだったのはなぜだろう。

――とにかく眠ろう。

壁の方を向き目を閉じてみても、さっきまでそばにあった眠気はどこかへ消えてしまったよう。

ため息だけが狭い部屋に重なっていくようだった。


結局、一睡もできないまま早めに店内に戻った。

僕に気づくと三澤さんはチラッと時計を確認したけれど、なにも言って来なかった。

「さっきはすみませんでした」

「もういいよ。それより、ちょっと品出ししてくるから」

僕のことを見ようともせず、三澤さんは足早に奥に消えた。

今日何十回目かのクリスマスケーキの予約を促すアナウンスが流れている。何回か前に聞いた時間に戻れたなら、二度とあんなこと言わないのに。やはり噂話は嫌いだ。

電子音が鳴った。

「いらっしゃ――」

言いかけた言葉を止めたのは、葉子さんが店内に入ってきたから。黒いスーツ姿でしっかりとメイクをしていたから思わず二度見した。

「ごめんなさい。市橋くんが代わってくれてたのね」

「葉子さん、本社じゃなかったんですか？」

「そうなんだけど、山本くんがやっぱり来てないって連絡があったから飛んできたのよ。はいこれお土産」

東京銘菓と記してある箱を渡された。

「葉子さん、帰ってきたんですか？」

驚いた顔で戻って来た三澤さんを見て葉子さんはほほ笑む。

「どうせ忘年会に出たくなかったからちょうどよかったの。帰る理由ができてホッとしてるくらいよ」

大きなバッグを事務所に置いてから戻って来た葉子さんはエプロンをつけていた。

「市橋くんお疲れさま。あとは私が代わるから大丈夫よ」

「ダメですよ」

僕が答える前に三澤さんはそう言った。

「葉子さんだって疲れているんですから。ね、市橋くん」

「は、はい。朝までやらせてもらいます」

背筋を伸ばして言う僕に、葉子さんは目を丸くする。

「ダメよ。市橋くんは今日は早番だったもの。過重労働になっちゃう」

三澤さんが僕を見ているのが分かる。

「大丈夫です。僕、来月北海道に行くんです。だから少しでも多く働いて旅行資金にしたいんです」

丸メガネの奥にある表情は分からないけれど、ベストな答えができたと思う。葉子さんは「そう……」と言ったあと何度か首を縦に振った。

「じゃあお言葉に甘えてそうさせてもらうわね。ありがとうね」

エプロンを外した葉子さんは三澤さんに顔を向けた。

「三澤くんもありがとう。夜勤までさせてごめんなさいね」

そっか、三澤さんはそもそも葉子さんの代わりに夜勤に入っているのか……。

「いえ、俺は全然……」

ごにょごにょと口にした三澤さんの顔が真っ赤になるのを見て気づいた。

三澤さんは葉子さんのことを……？

そう考えればさっきの怒りも理解できる。自分の好きな人の噂なんて聞きたくないから。

その時だった。自動ドアが開きいつものチャイム音がした。

違ったのは、誰も『いらっしゃいませ』を口にしなかったこと。口を開きかけた僕の視界に入っている葉子さんの顔が青ざめていた。

ゆっくりした足取りで入って来たのは見知らぬ中年男性だった。いや、違う。葉子さんとふたりで勤務していた時にやってきた客だ。前と違うのは、酔っているらしくフラフラと足元がおぼつかないこと。

「葉子」

男性が名を口にしたのを見て確信する。彼は……元オーナーの高木さんだ。

高そうなスーツはシワだらけでネクタイはほどけかかっている。視点の定まらない様子で数歩進むと、いきなり頭を深く下げた。

「葉子、悪かった。このとおりだ」

ドラマでしか見たことのないような深いお辞儀だった。冗談かと思ったけれどどうやら本気らしく、高木さんと思われる男性は頭を下げたまま動かない。

「帰ってください」

そう言った葉子さんにようやく高木さんは頭を上げた。

「頼むよ。もう一度、どうか……」

「ここは職場です。お客様の迷惑になると何度も言っているじゃないですか」

声が震えている。それが怒りなのか緊張なのか分からなかった。

三澤さんは、と振り返るが彼はなぜかじっと床のあたりをにらんでいるだけ。また怒鳴るのではないかと思っていたので予想外だった。

……どうしよう。

顔をそむけた葉子さんの顔には笑みはなく、彼女が本気で拒否しているのが分かった。こめかみのあたりが震えているのを見て、グッと両手に力を込めた。

高木さんに近づく自分をどこか遠くで眺めているみたいだった。

「あの……とりあえず外に出ましょう」

そっと腕のあたりに触れると、ゆっくり顔を上げ初めて僕に気づいたように瞳《ひとみ》を揺らせて動揺している。

「外に出ましょう」

もう一度言うと、高木さんはゆっくりと体の向きを変えた。腕を取り自動ドアから外に出る。

ひどく冷たい風が薄着の体に痛い。そして隣の高木さんの酒臭さが鼻につく。

「葉子と話をしたいんだ」

風に負けそうなほど小さい声の高木さんは疲れた顔をしている。

「お酒を飲んでいない時にお店以外で会われた方がいいと思います」

不思議と怖くはなかった。寒さで頭がマヒしているのか、それとも現実味がなさすぎるのか……。

「今日話をしたいんだ」

そう言う高木さんをなんとか歩かせる。駐車場の端まで連れて来た時、店の自動ドアが開き葉子さんが出て来た。僕を見て頭を下げると逆方向に駆けて行った。

「今日はダメです。どうかお願いします」

「……ああ」

「ひとりで帰れますか？」

高木さんはしばらく黙っていたが、なにも言わずにひとりで歩きだす。背中を丸めトボトボと歩く背中はなんだかみじめだった。

「悪かったよ」

その声が僕に向けられているのか、葉子さんに向けられているのか分からないまま見送る。

彼も、三澤さんも、そして僕も。

誰もが恋をしているんだと思った。

スクリーンには太陽と月のＣＧが映っている。太陽からは黄色い矢印が地球に向かって伸びている。

杉浦教授がレーザーポインターで矢印の周りに円を描いた。

「太陽から発生した太陽風が地球の大気にぶつかることでオーロラは生まれる。簡単に言うとそういうことだ。まぁ、蛍光灯の仕組みとよく似ているが、説明する時間がないので今日から参加している彼には、三橋《みつはし》くんがあとで教えてやってくれ」

「市橋です」

訂正する僕をスルーして、杉浦教授は次のスライドを説明しだす。

僕の右隣は碧と紗矢といういつものメンツだけれど、今日は左の席に邦俊がいる。一緒にオーロラを見に北海道に行く予定なので、碧が杉浦教授に頼み込んで受けさせてもらっているのだ。

「やばい、全然分からねぇ」

小声でつぶやく邦俊に、

「だよね」

と同意を示した。

それでも、北海道行きの話をした時の邦俊はおかしかった。普段なら『金がない』が口癖なのに、一秒も空けずにＯＫを出したのだ。大学を数日休むことになるのに、本当に大丈夫なのか心配になる。

　今日の特別授業にもすんなりついて来た。

『実は俺もオーロラには興味があったんだ』なんて言ってたけれど、もし見られたならニュースでやるレベルなことを理解しているのだろうか。

　授業が終わるとそのまま学食へ移動した。これはちょっと前にグループチャットで碧が提案したこと。そう、作戦会議だ。

　前に邦俊を紹介したのと同じ場所、同じ座り方で席につく。

「いよいよ近づいて来たね。早く年が明けないかな。みんな、予定は空けてくれてるよね？」

　もちろん司会は碧だ。無料のお茶が入った小さな紙コップを手に僕たちは互いの顔を見合わせ誰からともなくうなずく。きっとみんな『あれは本気だったんだ』と改めて実感しているところなのだろう。

「いろいろ調べたんだけど、『オーロラ伝説』っていうのがあったの。待ってね」

　小さなメモ帳を開く碧。びっしりときれいな文字が並んでいる。

「えっとね、オーロラは不吉の前兆って言われることもあるらしいんだけど、元々は女神の名前からつけられたんだって」

「そんなことより――」

話に割って入ろうとする紗矢だったが、

「それでね」

碧は話をやめない。

「他にも、見た人は幸せになれるとか、イヌイットの伝承ではこの世とあの世をつなぐ橋だって言われていたりするの。忘れられない人のことを思えば願いが伝わるとか、自分の未来を占うとかいろんな伝説があって――」

碧の声が遠ざかる感覚があった。あ、気を失うのかな？　なんて思うほど長い時間周りの音が聞こえなくなった。

少しぼんやりとしていたらしく、邦俊が『カレー食いたい』と主張している声が急に大きく耳に届いた。

まばたきをすると、碧が僕をじっと見ていた。いつから僕を見ていたのだろう。一秒、それとも数秒前？

なにか言わなくちゃ、と考えてもこういう時、いつだって言葉は出てこない。

「節約しろって言われてるんだから我慢しなさいよ」

「ひでぇ」

はしゃぐふたりに少し笑みを浮かべるけれど、絶対にこわばっている自信がある。

そんな僕に碧は少し顔を寄せた。

「オーロラが見られるなんて、本当に楽しみ。ね？」

尋ねられ反射的にうなずく。

「でもさ、北海道に行ってもオーロラなんて見られないだろ？」

大きなあくびをした邦俊に、

「そうだよ」

紗矢が同意する。

「あたしも調べたけど、毎日どころか年単位でも見られない。むしろ見られたら奇跡に近いって書いてたよ。なんでも十一年周期くらいで現れるんだって。次の予測は五年も先だったし」

たしかにそうだろうな。オーロラなんて日本じゃ滅多に出現しない。なのに碧は首を思いっきり横に振った。

「最初からあきらめてたらダメ。『絶対に見られる』って信じるの。そうすればきっときれいなオーロラが見られるんだから。病は気からって言うでしょ」

それはちょっと意味が違うと思うんだけど……。言葉にすれば碧を悲しませそうでそれにもうなずいてみせた。

「んー」とうなっていた紗矢だったが、やがて体ごと碧に向くと言いにくそうに口を開いた。

「これもネット情報だけどさ、日本で見られるオーロラは赤色なんだって。写真も載ってたけど、真っ赤な色だった。だから、碧が見たい色じゃないと思うんだよね」

「なんだよそれ。緑色じゃないなら見てもしょうがねーじゃん」

　呆《あき》れた顔で両腕を組む邦俊に、

「リクベツチョウ」

　と、碧が言った。ぽかんとする僕たちに、碧はメモ帳に『陸別《りくべつ》町』と記した。なんだ、町の名前か……。

「北海道に陸別町ってところがあるんだって。標高が高くて、日本一寒い町で何度も観測されているの。そこからならきっと緑色のオーロラが見られるよ」

　はっきりとした口調の碧に誰もが黙った。君をそこまで信じさせる原動力はなんなのだろう。

　僕はもう知っている。見たいと願っても見られないことだってある、と。

「あ、やばい。俺、バイト行かなくちゃ。悠希もそろそろだろ？」

　邦俊のタイムアップ宣言で中途半端に作戦会議は終わりを告げた。荷物をまとめていると、

「ねぇ、碧。北海道のことなんだけどね」

　紗矢が改まった口調で言った。もう邦俊は立ち上がっている。

「どうしてもオーロラにこだわるならさ、卒業旅行で北欧とかに行ってさ――」

「大丈夫だよ」

すっと立ち上がった碧の声。

「北海道には行こうよ。見られる可能性がゼロじゃないなら、絶対に行くべきだよ」

「でも……」

戸惑った声の紗矢に、碧は大きくうなずく。

「なんでだろう。絶対にオーロラが待っている気がしてるの。だから大丈夫。それに約束したもんね」

僕を見た碧がにこやかに笑ったから驚いた。これほどまでに碧がオーロラを見に行きたいのは、僕との約束のためだったんだ。

それなのに僕はまるで他人事《ひとごと》のように、いや、むしろ行きたくない理由ばかりを頭で考えてしまっていた。

「行く」

短い言葉でそう言う僕に碧はやわらかくほほ笑んだ。

それでもきっとオーロラは見られないだろう。好きな人を悲しませたくない。ただそれだけだった。

呆れたようなため息をついた紗矢は、

「じゃああたしも行く」

渋々答えた。

「俺は最初から行くつもりだぜ」

なんて邦俊もさっきとは正反対のことを言う。みんなで年明けに北海道に旅行に行くなんて、ちょっと前の僕なら考えもしなかっただろうな。

碧への気持ちは今度の旅でなにか変わるのだろうか。もしくは消えてしまうのかな。

「楽しみだね」

ころころと笑う碧。

君は近くて遠くて、まるでオーロラみたいだ。手を伸ばせば届きそうなのに、最初から僕はあきらめているんだ。

頭がひとつ痛みを生んだ。恋なんてしたくないのに、どんなに踏ん張ろうと水の流れに負けそうになる。

濁流に飲み込まれてやがて消えてしまうのなら、最初から誰のことも好きにならない。

そう決めたはずなのに、僕は弱いままだ。

【第四章】近い空、遠い海

【ノルウェー】

11月8日（日）

この旅は君との思い出をめぐる旅。

ベルゲンを出た船は、いくつもの港に寄りながら北上を続けている。

今日はこれからルーカスと一緒にトロムソの町を歩く予定。

北部最大の町とのことで、ロープウェーで山を登れば美しい夜景が見られるそうだ。

ルーカスは素直で明るくておもしろい。

兄のようなルーカスに心地よさを感じ出しているのかも。

オーロラはいまだに見られないでいる。

今夜こそ、きっと。

午前〇時を過ぎ、デッキから乗船客の姿はほとんど消えた。

ボイラー近くの壁に座っている僕も、さすがにあきらめるべきだろう。半円の月に快晴の空。

オーロラの出る条件は完璧《かんぺき》に揃っているのに、今夜も緑が空を染めることはなさそうだ。

「おかしいね。絶対今日は出る天気なのに」

隣に座っているルーカスがスマホの画面を見せてくる。オーロラアプリはノルウェー語で書かれていてよく分からないが『75%』という数字は出現期待度だろう。

オーロラの出現率については分からないけれど、ルーカスによると『ボクがガイドして出なかったことはない』とのことだった。

「しょうがない、明日またチャレンジしようか」

強がりな言葉にルーカスは鼻から白い息を吐きだした。

「ボク、もう少し見ているから部屋に戻っていいよ。出たらすぐに起こしに行くから」

「なんでさ。早く寝ないとまた朝食に遅刻しちゃうじゃん」

浮かしかけたお尻《しり》をもう一度つける。

「だってユーキ、どうしてもオーロラ見たい。ガイドだからボク、ちゃんとユーキの願いをかなえたい」

「でも……」

「それにボク、遅刻したことないよ」

ニヤッと笑うルーカスに僕も笑みで返すと空を見上げた。低い位置に浮かぶ月からさらさらと金色の光が海に降っている。反射して輝く海面は、まるで無数の魚が跳ねているみたい。遠くの山は白くぼんやりと輝き、北極圏に入ったというのに山のふもとにはいくつかの家が見える。

船はさらに北へ進んでいく。水をかきわけて進む音がかすかに耳に届いていた。

幻想的な雰囲気のなか、

「ねぇ、ルーカス」

僕は口を開いていた。

「オーロラを見たいのは僕だけど、それは……彼女との約束だったんだ」

「そう」

なんでもないように答えるルーカスの横顔を見た。

「彼女は不思議な人だった。『いつか、ノルウェーにオーロラを見に行こうね』って初対面の時に言ってきたんだよ」

そう、僕にとっての君は、この月のように輝かしい光だった。すぐに君を好きになり、そして僕たちは……。

ああ、なにを話してしまっているんだろう。口をつぐんで冷たいコンクリートの床を見る。

「ユーキはその人とオーロラを見たの？」

なぜか優しい口調でルーカスが言うから、僕の口はまた促されるように開いてしまう。

「……北海道って知ってる？」

「ホッカイドー？　なにそれ」

「日本のいちばん北にある場所だよ。そこにみんなで旅をしたんだ。彼女が言ったんだ。『今からオーロラを見に行こう』って……」

　ぐらんと周りの景色がゆがむような気がした。あの日の記憶だけは頭に浮かんでも押しとどめようとしてきた。それなのになぜ……。

「よし、今日はここまで」

　元気よく口にすると僕は立ち上がった。

「え、それはないよ。最後まで言う」

「ふふ。眠くなったんだよ」

「男らしくないね」

すねた顔のルーカスに手を差し出すと彼はつかんだ。渋々という感じで立ち上がると口をへの字に曲げて僕を見つめてくる。

「明日はオーロラが見られるといいな」

空をもう一度見ると、さっきより少し雲が多くなっていた。

「ダイジョブ、明日はノールカップに行くからきっと出るよ」

「ノールカップ？」

「北部最先端の岬。すごく寒いしオーロラベルトにもマッチするところ。きっと明日の夜は見られるよ」

自信たっぷりに言うルーカスに、僕はうなずいた。

信じていれば願いはかなうはず。

ねぇ、そうだよね？

【日本】

遠い昔に恋をしたことがある。

当時の僕はまだ子供で、誰かを好きになることがどんなことか分からないまま、気づけば大きな渦に巻き込まれていた感じだった。

相手の一挙一動に敏感に反応し、ちょっとしたひと言で打ちのめされたり天に昇ったりもした。近づけたと思った次の瞬間にはかすむほど遠い存在になっていたり、自分が小さく思えたり。

恋なんて自分には縁がないと思い込んでいたから、その予想もつかない波に翻弄《ほんろう》されるがままだった記憶がある。

僕の気持ちは不安定に彼女との間を行ったり来たり。やがてどちらからともなく気持ちを確かめ合った時、世界は一気に明るくなった。

朝、学校で会えることが幸せで、夕暮れはさみしくなった。ちょっとしたしぐさや言葉、笑顔がなによりもうれしくて僕はずっと笑っていた気がする。それは、あんなに忌み嫌っていた自分をも好きになるほどに。

――あれからどれくらいの時間が過ぎたのだろう。

彼女のことを思い出さないように生きてきた。悲しい記憶は封印するに限る。ゲームオーバーの文字が出て、僕の恋は終わったんだ。現実世界にはコンティニューボタンなんてなかった。

もう二度と恋なんてしないと誓ったはずなのに碧を好きになってしまった。

冬枯れの街を自転車で風を切るように走る。すっかり地面に落ちてしまった紅葉や銀杏《いちょう》の葉は、もう暖色ではなく汚れて道の端で固まっている。

「あー、憂鬱《ゆううつ》」

久しぶりの口癖は白い息になりうしろへ流れ散る。

クリスマスイヴの今日はどんよりとした雲が空に広がっている。冬休みというのに気持ちは天気のように晴れない。

紗矢の言う通り、今日からは碧に会う理由がなくなってしまった。彼氏の手前、電話やメールは避けるべきだし、なによりも碧に嫌われるのが怖かった。

なんで恋なんてしてしまったのだろう。

最初からかなわない恋と知っているのに、なにやってるんだか。

自分に文句を言いながらコンビニへ向かう。やけに早く目が覚めてしまい、日勤の時間まではまだ余裕がある。家にいるともやもやしそうで早めに出勤することにしたのだ。

さらにペダルを力任せに漕《こ》ぐ。痛いほどの冷たい風が僕の行く手を阻んでいるみたいに吹きつけてくる。

そういえば今日は久しぶりに三澤さんとのシフトだ。葉子さんともあれから二度顔を合わせたが、特に会話らしい会話はないまま。もちろん高木さんの話題には触れていない。

年末というのになんだか気まずいことだらけ。

角を曲がるとコンビニの看板が見える。スピードを緩め、駐輪スペースへ向かう。ブレーキをかけ左足をおろすと、風の攻撃は止んだ。

左側を見たのは偶然だった。赤いコートを着た客が壁にもたれるように立っていた。うちは喫煙所がないのにな。たまに煙草を吸う客がいて掃除に困る。

「悠希くん」

その客の声を聞き、思わず「うわ！」と驚いてしまった。

壁際に立っているのは碧だったから。小さく右手を振る碧を信じられない思いで見る。さっきまで考えていたから、幻を見ている気分だった。

「おはよう」

やはり碧で間違いない。思わず駆け寄りたくなる衝動を抑えるのに必死。

「え、なんでここにいるの？　今日から実家に帰るんじゃなかったっけ？」

やけに早口になってしまう。そんな僕に碧はぷうと頬を膨らませた。

「おはよう」

そこでようやく気づく。朝の挨拶《あいさつ》を碧は何よりも重要視している。焦ってしまい忘れていた。

「おはよう」

「うむ、よろしい」

満足げにほほ笑む碧が近づいて来た。

「で、どうしたの？」

うれしいくせにそっけない態度を取ってしまう自分が情けない。あとになって後悔するのは目に見えているのに、気の弱さがそうさせているのだろう。

片思いは、幸せともどかしさといら立ちが混在しているみたい。最初は甘い味でもだんだんと混ざり合い、いつしか苦い味になる。

「今日は日勤だってこの間言ってたでしょう？　だから来ちゃった」

碧は手に持っているトートバッグからなにやら取り出すと、

「はい、これが悠希くんのぶん」

と手渡してきた。薄いノートのような物と、ふたつに折られているA4サイズのコピー用紙だった。コピー用紙を開くと、そこには『eチケット』と上部に記載してあった。

「ひょっとして飛行機のチケット？」

「正解！　航空券との引換券みたいなやつ。格安チケットだから席は選べないんだけど、札幌《さっぽろ》で乗り換えて女満別《めまんべつ》空港までの往復分をご用意しました」

車掌のように右手をおでこに当てた碧に、

「ごくろうさま」

と僕も一瞬だけ同じポーズをしてみせた。かなり恥ずかしい。

「名前のアルファベットが合っているか確認してね。ここのところ」

持つ紙の真ん中あたりを指さす碧の顔が近い。

「合ってるよ」

「ならよかった」

ひとつひとつの行動に深い意味はないのだと言い聞かせる。

もう一冊のノートみたいなものは手作りの冊子だった。表に『旅のしおり』と手書きで書いてありホチキス止めされている。

題字の下には北海道の地図が描かれていて、これも手書きだと思われた。最後に『オーロラを見る会：会長　市橋悠希』と記してある。北海道への旅は、こういうサークル名になったようだ。

「僕が会長？」

「悠希くんが会長なのは絶対なの。だって旅行会社に就職するんでしょう？　私は会計係で旅費は当日集めるからね。詳しくは中に書いておいたけど、ホテル代も込みで破格の値段だと思うよ」

「どこのページ？」

しおりを開こうとする僕の手を、「待って」と碧がつかんだ。

「ここで見るのはやめて。イラストとか書いちゃったから恥ずかしすぎる」

「あ、うん……」

言われたとおりに閉じると、碧は腕時計を見た。

「そろそろ行かなきゃ。紗矢に渡しに行くことになってるの。あ、そうだ。邦俊くんの分も渡しておくね」

「うん」

「じゃあ、またね」

足元に置いてあるスーツケースの取っ手を持ち碧は歩いて行く。朝の挨拶はしっかりするのに、別れ際はいつだってあっさりだ。さっきまであんなにドキドキしていたのに鼓動が弱まり、同時にもう会いたくなっている。

次に会えるのは年が明けてから。ひょっとしたら、この旅行の日まで会えないのかもしれない。

右手の甲を見る。さっき僕の手をつかんだ碧の手は、氷かと思うくらいに冷たかった。

……ひょっとしたらずいぶん待っていたのかも。

碧の姿は四つ角を曲がり見えなくなる。

ちゃんとお礼を言うべきだった。

なにかコンビニで温かい飲み物でも買ってあげればよかった。

気の利いた会話をできなかった。

いつだって後悔はあとから生まれ、大きく成長する。


年末のコンビニは忙しい。とくにクリスマスの夜はやることのオンパレードだった。夜勤の代わりが見つからず困っている葉子さんに『やりますよ』と言ったのが運の尽き。まさかこれほど大変だとは思わなかった。

十二時を過ぎると同時にクリスマスのディスプレイを外す。お正月のＰＯＰがまた大きいこと。しめ縄なんてどうつけていいのか分からず、汗までかきながらなんとか設置する。

　クリスマス商品で常温保存の物はセール棚行き。割引シールを貼って並べると、今度は冷蔵食品を廃棄かごへ。壁に恵方巻のポスターを貼れば、さっきまで存在していたクリスマスの色はあとかたもなくなった。

「お疲れ様。休憩してね」

　客足が途切れた時に葉子さんがそう言ってくれた。

「あ、大丈夫です。葉子さんお先にどうぞ」

　クリスマスや正月は、学生バイトの休みが多くなることは経験済みだ。恋人と過ごしたり実家に帰ったりと理由はそれぞれだけれど、二十四時間経営のコンビニでは死活問題。スカスカになるシフトを埋めるには、どうしても葉子さんが出勤せざるを得ない状況が続いている。

今日も昼間からぶっ通しでの勤務だったはず。

「私は大丈夫。明日はお休みもらってるのよ」

久しぶりにほほ笑む葉子さんに少しホッとした。あれ以来、なんだかうまく話せていなかったから。

「ご実家には今年も帰らないの？　ご両親、心配してない？」

「全然大丈夫です」

「そうかしら。きっと帰ってきてほしいと思っているわよ」

「かもしれません。でも、大学にちゃんと行けるようになったことだけでうれしいみたいです」

言ったそばから『しまった』と唇をかんだ。

取り繕うべく、

「それに僕が帰ったら、シフトがもっと大変になりますよ」

とつけ加えた。

「市橋くん、前は大学に行けていなかったの？　そんな風には感じなかったけど」

やっぱり気になるよね……。

「あの……バイトをする前のことです。恥ずかしいんですけど、一年生のころはあんまり行けてなかったというか……」

しどろもどろに答えると、葉子さんは納得したように一度うなずいた。

「そういえば、面接でそんなこと言ってたよね。たしか年末に面接をしたんじゃなかった？」

「三年前くらいですね」

「もう三年も前なの？」

丸くなった葉子さんの瞳《ひとみ》が、今度は遠くを見るように三日月の形になる。

「そんなに経つなんて、本当に時間はあっという間に過ぎるわね。ずいぶん助けてもらっちゃった」

「いえ……」

まただ、と思った。笑みの奥にある悲しみが見える気がするのはなぜ？

レジに両肘《りょうひじ》をつきもたれた葉子さんが、

「この間はごめんなさいね」

ぽつりと言った。

「いえ」

「ほんと、毎回困っちゃうのよ」

言葉とは裏腹にどこか楽し気に聞こえた。

「あの方が高木さん、ですか？」

「市橋くんはあのときはじめて見たんだものね」

その前にも見かけたことがあるけれど言うのも阻かられあいまいにうなずいた。

「そっかあ、ちょうど高木がいなくなって困っていたところに市橋くんが面接に来てくれたんだっけ」

「そうなりますね」

「自分から出て行ったくせに、酔うとああやって来るのよ。今さら謝るなんて、本当にひどいと思わない？」

目じりのシワを濃くして楽し気に尋ねてくる。どうして笑っていられるのか不思議だった。

そんな僕に気づいたのか、葉子さんは自分の頬を一度両手で叩《たた》いた。

「ダメね。私がしっかりしなきゃいけないのに。でも……もう許している自分がいるのよ」

「僕には……よく分かりません」

正直に言葉にすれば、葉子さんは「うん」と言った。

「私もよく分からない。高木は、一緒にこの街を離れて実家で暮らそう、って言ってくれているの。彼の実家は長野県にあってね、畑とかやりながらのんびり過ごしたいんですって」

「やり直すってことですか？」

「……そうなるかな」

自信なげにうつむく葉子さんの横に並ぶ。

「僕はなぜ高木さんと葉子さんが別れたのか知りません」

「噂、聞いてるでしょう？　あれ、本当のことなの。高木は、ある日突然、駆け落ちをしたのよ」

静かにため息をつく葉子さんに僕は言葉を失う。

「クリスマスが明けた途端にする話じゃないわよね」

「いえ……」

「当時、大学三年生の女の子が働いていたの。将来は大学院へ進むって夢があって、その貯金のために一生懸命だったな。すごくいい子でね、口数は少なかったけど三澤くんといいコンビで、昼の時間帯は安心して任せられていたのよ」

「その人と……？」

口がカラカラになりうまく言葉にならない。

「こんな話、本当にごめんなさい。ふたりが急にいなくなって、最初は呆然《ぼうぜん》とするだけだった。毎日毎日、自分のなにがいけなかったのか考えた。だけど、分かるのは私にも悪い部分があったってことだけだった。全力で責められたら少しはマシだったんだけどね」

前も吐露していた自責の念はその時から葉子さんの心に棲《す》みついたのだろう。

「だけどコンビニは継続していかなくちゃいけないじゃない？　だから、私は忘れることにしたの。全部忘れれば、なかったことになるじゃない。それからは悲しむ暇もないくらい一生懸命働いて来た」

僕もそうやって悲しみを見ないフリで生きてきた。

「時間が解決してくれる、ってよく言うでしょう？　あれは少しだけ当たってる。今も高木を許せないって思うけど、許している自分もいる。人間って複雑よね。もっと単純なら悩まなくてもいいのに」

「僕は反対です」

彼女の悲しみが分かるなんておこがましくて口には出せない。だけど、同じような感情を持った経験があるからこそ分かる。人は、あった出来事を見ないフリなんてできないんだ。

「高木は変わったと思う。このお店に来ても謝るだけ。前はもっと強気で自信家だったのよ。きっと心を入れ替えたんだと思う。ううん、そう信じたいのよ」

「それでも……反対です。きっと不幸になるから」

傷を見ないようにすれば生きてはいける。だけど、傷は治ることなく血を流し続け、気づいた時にはまたその痛みにうずくまってしまう。

葉子さんは「違うの」とささやくように言う。

「不幸なのは未来じゃなく今なのよ。それでもこのままでいたほうがいいと思う？」

静かな声なのに店全体に響くほど大きく聞こえた。

「よく……分かりません」

素直にそう言う僕に葉子さんは声を上げて笑った。

「私こそよく分からなくなっちゃった。でも市橋くんがいてくれてよかった。ずっと誰かに相談したかったの」

「このお店、辞めるんですか？」

「市橋くんが卒業するまでは責任を持って続けるつもり。だからご両親には悪いけれど、お正月の勤務よろしくね」

打って変わって明るい声に違和感を覚えながらもホッとしている僕がいる。

葉子さんのほうがよほど強い人だと思った。

朝方になってもまだ外は暗いままだった。深夜まで続いた客足は午前三時を境にぴたりと止まった。

新聞配達のおじさんが朝刊を納入して以降、自動ドアのチャイムが鳴らない時間が続いている。

今日の早番は三澤さんということを思い出し、さっきからドリンクの向きを正面に揃えている。暖房が効いているせいで顔が熱い。

仮眠室で葉子さんが寝てからもうすぐ二時間。きっと疲れが出ているのだろう、できるなら早番が来るまでは僕ひとりで乗り切りたかった。

葉子さんの話がまだ頭に残っている。本当にこの店を辞めてしまうのかな。

高木さんのことはよく知らないけれど、バイトと駆け落ちするような男をどうして許せるのだろう……。傷つけられた人によってその傷が癒《いや》されるなんて、そんなのおかしい。叩かれた子供が、叩いた母親に泣きながらすがっているようなものだ。同じように高木さんも傷ついた様子でこの店に現れたっけ。

恋をすれば傷つくものだとしたら、どうして人は誰かを好きになるのだろう？　僕だってそういう経験をしてきてこりたはずなのに。

僕を変えてくれたのは碧だ。彼女に出会ったことで、前に進めている気がする。

……本当にそうだろうか。

どんなに碧が好きでも、過去の傷はまだ直視できていない。新しい光に目が行っているだけで、また暗闇が訪れたら痛みに気づくことになるかもしれない。

この物語の結末は分かっている。碧には彼氏がいるから僕には行動は起こせない。そして春が来ればバラバラになる運命なんだ。

……もしもこの町に残れたなら、僕たちの未来は変わるのかな？　ふいにそんな考えが頭に浮かび、すぐに打ち消す。期待は失望の前兆だから。

暗い気持ちを絶つように、陽気にチャイムは鳴る。

「いらっしゃいませ」

レジへ向かう足が急ブレーキをかけた。

自動ドアを抜けて入ってきたのは紗矢だった。

「会うなりなんでそんな嫌な顔してんのよ」

今日も紗矢はかわいくない。が、いつもと違うのは前髪が風であおられたようにまっすぐに立っていることだ。

僕の視線に気づいたらしく慌てて両手で髪を押さえた。

「しょうがないでしょ。寝起きなんだから。あたし、枕に顔をうずめて寝る癖があるから朝はいつもこんな感じなの」

「朝ごはんでも買いに来たわけ？」

「はあ？　そんなわけないでしょ。話があるから来たの。夜中に来ようと思ってたけどさ、いつの間にか寝落ちしちゃったんだよ」

寝起きだからかいつもの迫力もなくどこかすねたように見える。逆にこっちは寝ていないせいか、普段ならあとずさりする状況なのに不思議と平常心。

「バイト中だから今度にして」

「ダメ。だって、あたしも明日から実家に帰るから。グループチャットに『今日は夜勤』って書いてたから来たの」

仁王立ちのまま紗矢は店の奥を見やる。

「ひとりで勤務してるの？　もうひとりいるものじゃない？」

「休憩中」

単語で答える僕に紗矢の目が不安げに揺れた気がした。

紗矢は気を取り直すように腰に手を当てると、

「話はひとつだけ。北海道旅行のことなんだけど、すぐにキャンセルしてよね」

当たり前のことのような口調で言った。絶句する僕に紗矢は続ける。

「だっておかしいじゃん。たしかに碧はああいう性格だからみんなと仲良くしたいと思うよ。でも、男女四人で旅行に行くなんてありえないよ。気持ちが悪いと思わないの？」

一気に言ってから紗矢は答えを待つように口を一文字に結んだ。

まただ、と思った。碧との縁を断ち切られることを想像すると、たまらなく怖い感情と悲しみが一気にあふれてくる。

「いや、それは……」

紗矢が言っているのは正しいことなのかもしれない。実際僕だって、これ以上碧に近づくのは危険だと思っている。でもそれ以上に抑えられない思いがあるんだってことにも気づいている。

両手のこぶしに力を入れる。そして気持ちを言葉にする。そうしたいと自分で思えたから。

「僕は……参加しようと思ってる」

返事を聞いても紗矢は動かない。ただ、その瞳《ひとみ》はまっすぐに僕をにらんでいる。怒りと憎しみに満ちた目を正面で受け止める。

「この旅行は碧さんが企画してくれたものだよね？　彼氏に内緒はありえないから、きっと同意してくれていると……思う」

「なんでよ。そんなの分からないじゃん」

不満げな紗矢が地団太を踏むように足を動かした。

「それに、これは……碧さんとの約束だから」

オーロラを見に行くことは碧との大切な約束だ。たとえかなわない恋でも、せめて春までその光を見ていたかった。

その先に闇が待っていたとしても構わない。久しぶりに実感している恋がもたらす勇気は、片思いというオプションのせいで若干弱い。

自動ドアが開き、高齢の男性が入店して来た。前回の夜勤の時もたしか来てくれた人だと思う。

「いらっしゃいませ」

黙る紗矢を置いてレジの中へ入る。男性客はドリンクコーナーへ向かったようだ。

「市橋くん、全然分かってないよ。約束っていってもあの子は誰とでも――」

「あとにしよう」

そう言う僕に、紗矢はまるで子供が駄々をこねるように何度も首を横に振った。

「それに市橋くんは碧のことなんにも知らないじゃん。あの子がどんなに悲しい思いを抱えているか知ろうともしていない」

「声が大きいよ」

「うわべだけを見て好きになるなんて許せない。そんなの恋じゃないよ」

「ごめん、今は――」

「碧のお父さんは亡くなってるんだよ」

はっきりと耳に届くその言葉。言ってからすぐに後悔したのか、紗矢はバッと顔を伏せた。

店内のBGMが遠ざかって聞こえた。

やがて顔を上げた紗矢には続きを話そうという決心が存在していた。

「高校一年生の時だった。急病で亡くなったの」

——やめて。

「あまりにも突然だった。ずいぶん落ち込んで、しばらく学校にも来られなかった」

——聞きたくない。

「ひとつだけ言えるのは、碧はオーロラになんて興味がなかった。ずっと、自分の名前が好きじゃなかったんだよ」

——聞きたくないよ。

「碧は傷つきやすくて、だけどいつも笑顔で——」

「やめてよ！」

吐き出すように言う僕に紗矢は「ほら」とかすれた声で言った。

「やっぱりそうやって、あんたはすぐに逃げるんだよ。初めて会った時からそんな予感しかなかった」

なんだろう。目には見えない鋭い剣で刺されたように胸が痛い。

「あたしはね、碧のことを誰よりも分かっている。そして、あんたは碧の表面しか分かってない。見たくないもの、聞きたくないものから逃げてばっかじゃん」

違うと言えばそれは嘘でしかない。見ないフリをしてきた過去から逃れるために僕は……。

「なにが約束よ。碧のことなんにも知らないくせに、知ろうともしないくせに。本気で守れないなら、関わらないでよ！」

バタバタと駆ける音に続いて電子音が鳴り響いた。もう紗矢の姿はなかった。

男性客がレジカウンターの上にかごを置いても、雷に打たれたように僕は動けずにいた。

新年になると、それまではポツポツとしかコメントが入らなかったグループチャットがにぎやかになった。

『明けましておめでとうございます』のメッセージやスタンプにはじまり、碧による旅行の注意点が羅列されると、皆それぞれにコメントを返した。僕もそれなりに返事をしていたが、年末からずっと紗矢に言われたことがお腹の奥にずんと重く圧《お》し掛かっている。

――僕は彼女のことをなにも知ろうとしていない。

事実は恋のコーティングをあっけなく砕き、そこには自分の弱さが映っている。目を逸《そ》らさずに見つめると、情けない自分がいる。

それでも、むき出しになった恋心は消えてはくれなかった。いつも笑っていて、だけど予想外の言動ばかりする碧のことをもっと知りたい。

皮肉なことに、紗矢に指摘されたことでこれまでよりも強い気持ちがあふれている。こんな感情、まだ残っていたんだな……。

碧の父が亡くなっていることも驚いたが、それよりも紗矢の言った『碧はオーロラになんて興味がなかった』という言葉が気になる。

それは本当だろうか？　名前の由来であるオーロラを見てみたいという理由はしごくもっともだと思う。僕にその話をする時もニコニコしていたし。

否定する条件は揃っているのに、どこかで腑《ふ》に落ちている自分もいた。それを彼女に聞くことは、僕たちの関係を縮めるのか遠ざけるのか。どちらにしても先のない恋にアクションを起こすのは止めておいたほうがいい。

どんなに考えてもたどり着くのは同じ結論ばかり。

ゲームの世界ならラクなのにな。武器や防具で身を固めて、レベルを上げていければ恋なんてすぐにやっつけられる。復活の呪文《じゅもん》すら知らないから、結局は同じところをぐるぐる回っているだけなのだろう。

旅行の前日にあたる一月十日は日曜日だった。「明日の祝日まで休みなんです」とインタビューに答えている男性がテレビに映っている。社会人ってどれだけ休みがあるんだよ。って、僕も明日までは休みだけれど。

グループチャットの着信を知らせる短い音が鳴った。碧からのメッセージが画面に表示されている。今日だけで五回目だ。

『空港までは余裕を持って来てね。搭乗手続きの時間が終わると乗れないので注意です。一号線は混んでいるかもしれないから早めに出発してね。もちろん安全運転で！』

吹き出しマークの中にびっちり書かれた碧の文字。やっぱり彼女もオーロラを探していることは間違いないと思う。普通、興味がなかったらここまで書かない。

『了解。くには九時にコンビニに来て。寝坊しないようにして』

邦俊にメッセージを打った。全員分の既読はつくが返事がない。

『私はようやく今、実家から戻ってきたところ。紗矢も明日遅れないでよ』

碧が紗矢に問いかける。まだ紗矢は帰省中らしい。

すぐに既読がつく。が、やはり返事はない。

『碧さんはどうやって空港に来るの？』

碧に話を振ったのは仕方ないこと、と自分と紗矢に心で言い訳をする。

『朝イチで紗矢と静岡駅で待ち合わせ。ちょっと買い物する予定。終わったら駅から空港バスに乗るね』

『明日は天気がいいのかな？』

富士《ふじ》山静岡《さんしずおか》空港は高台にあるため、天候が荒れやすいと聞いたことがある。

『大丈夫。快晴だって』

文字のうしろにお日様のマークが点滅している。僕も『わーい』と猫が喜んでいるスタンプを送る。こんなセリフ、実際に言っている人を見たことがない。

『久しぶりに部屋に戻ったら電気がつけっぱなしだった。ショック』

猫が泣いているスタンプが押された。

――会いたい。

そう思ってしまう自分をごまかして『同情します』とコメントした。

それにしても残りふたりからのコメントが返ってこない。紗矢は僕が旅行に参加することをまだ怒っているのかもしれない。

絨毯《じゅうたん》の上に横になりバックパックのそばに置いてあるeチケットを広げた。明日から四泊五日で北海道に行くなんてまだ実感がない。

北海道には高校の修学旅行で行ったっきり、二度と訪れることはないと思っていた。

過去を見ないフリをして生きることでラクになると信じていた。でも、直視することで見えることもあるかもしれない。

そんなふうに思ったのははじめてのことだった。

旅のしおりを開くと、碧の手書きの文字で持ち物や注意事項が書いてある。あ、ここは修正テープを使っている箇所だ。慌てて書いたのか、ところどころ文字も踊っている。

イラストは猫なのか豚なのか分からないレベルだったけれど、それもまた彼女らしくて気持ちが休まる。

もっと彼女を知りたい。この旅で過去の記憶と向き合えたなら、なにかが変わるのだろうか？

結局その日、ふたりからのコメントは返ってこないままだった。

夜勤明けは太陽がやけにまぶしく感じる。

碧の予報通り雲ひとつない青空が広がっていた。季節が少しだけ戻ったみたいに暖かい祝日の朝だった。

事務所で着替えを済ませると、駐車場に置いてある車へ荷物を放り込む。といってもいつものバックパックだ。この数年、これ以外のカバンを持ち歩いたことがないかも。

夜勤をする代わりに今日だけは車で出勤させてもらっていた。普段はほとんど自転車での移動ばかりなので久しく運転もしていない。

……安全運転でいかないと。

気を引き締めるが肝心の邦俊の姿がない。ここで待ち合わせをすることは何度も確認していたはずなのに。

……まさか寝坊？　邦俊ならありえる。

連絡しようとスマホを取り出すと、

「市橋くん」

早番で出勤していた三澤さんが店から出て来た。

「あ、はい」

なんだろう。やり忘れはなかったと思うけれど、彼に話しかけられるのはたいていい仕事のダメ出しばかりだったから緊張してしまう。

レジの精算＝ＯＫ。ゴミ出し＝ＯＫ。トイレ掃除＝やったけど、そのあとのピークで汚れている？　休憩室のベッドの掛け布団をたたんだか自信がない。

ぐるぐると頭の中で考える僕に、

「今日から旅行なんだって？」

穏やかな口調で三澤さんは言った。

「あ、はい。お休みありがとうございます」

そう言う僕に三澤さんは変な顔をした。いや、よく見ると笑っていたのだ。

「俺がオーナーなわけじゃないからお礼を言う必要はないよ。正月がんばったんだから、堂々と楽しんできて」

「……はい」

三澤さんが店の入り口あたりに視線をやった。

「聞いた？　この店、閉めるかもしれないって」

「この間、葉子さんから……」

当然三澤さんも聞いたのだろう。葉子さんは本気で考えているようだ。

「もし閉店したら、三澤さんはどうするんですか？」

最近は『早番の主』から『裏オーナー』というあだ名になりつつある三澤さん。ほぼメインで入っているから閉店は厳しいだろう。

「まぁ、いろいろ考えてるよ。俺も春で大学院をついに卒業するからさ」

「そうなんですか。おめでとうございます」

「といっても就職活動はしていないけどね。まぁ、時間はまだあるし」

上空に視線をやってから、三澤さんは僕を見る。

「呼び止めてごめん。なにか動きがあったら連絡するよ。行ってらっしゃい」

三澤さんは小走りで店に吸い込まれていった。

春に向かっていろんなことが終わっていく。エンドロールが近い今だからこそ、過ぎ去る時間を見送るだけじゃダメなんだ。

だからこそ、今日からの旅行で僕は変わる。

決意を胸に運転席に乗り込んだ。スマホを開くと、邦俊からの不在着信が五件表示されていたので折り返す。やはり寝坊したってことだろう。

まだ飛行機の時間まではずいぶんあるから大丈夫だろうけれど、空港までの道が渋滞している可能性もある。ってこれは、碧がチャットに書いていたことか。

電話をかけるとすぐに邦俊につながった。

「もしもし、くに？」

『ああ』

「おはよう」

最近は挨拶《あいさつ》する癖がついてきた。

「コンビニで待ち合わせのはずじゃん。どこにいるの？」

やけに電話の向こうがざわざわしている。歩きながら話しているのか、邦俊の呼吸音が大きい。

『それがさ、悪いんだけど行けなくなったんだ』

「ここまで来られないなら迎えに行くよ。その方が早いし」

邦俊のアパートまでなら、五分もかからずピックアップできるだろう。細い道沿いにあるのがペーパードライバーの僕にとっては厳しいところだけれど。

ひょっとして急な夜勤でも入って、今帰るところなのかも。

『そうじゃなくって、旅行に行けなくなったんだよ』

「新年早々冗談はやめてよ」

邦俊はこういう悪い癖がある。真面目な話の途中に冗談を言ってくるのだ。高校の時も、先生が教壇で怒れば怒るほどニヤニヤしていたっけ。

『マジ、行けない。ほんと、悪い』

これはマズイ。本気で申し訳なく思っている時には、言葉を短く区切って謝罪する癖もあるのだ。

……ということは、本当に行けないってこと？

横断歩道が青の時に流れる音が聞こえる。駅前くらいでしか耳にしない音だ。

「今、どこにいるの？」

『ゼミの新年会の帰り。朝まで飲んじゃってさ。ゼミの教授がさ、中国語の担当だろ。「同じ授業を四回も受ける学生は珍しい」なんてからかってきてさ、ほんとまいったよ』

「あのさ——」

『必修科目をこれだけ落とすやつは久々らしくて、結構気にしてくれてるみたいでさ。苦手な科目だと教授まで苦手になるじゃん？　もうずっと避けてきたわけよ。でも話してみると案外いい人だった』

「そうじゃなくて、なんで旅行に行けないわけ？　車も飛行機も寝ていれば着くわけだし」

　要領を得ない話の流れを切るが、

『そういう問題じゃねえよ』

　なんてエラそうな邦俊。

『もうすぐテストだろ？　ほとんどの必修科目は大丈夫だと思う。ほら、悠希のノートもあるしさ』

「それで？」

　先を急ぐ僕に、まだ酔っているのか邦俊は『んー』とうなり声を上げた。

『四年目にして俺も真面目に勉強してるんだよ。背水の陣ってやつ。でも、中国語だけは全然覚えられないんだよ。前期も全然ダメだったし』

　たしかに一年生の時から苦労していた記憶はある。

『だから酔っぱらった勢いで頼み込んだんだよ。「この授業を落とすと留年なんでどうか頼みます」って。そしたらさ、教授が言うわけよ』

嫌な予感が急に込み上げる。スマホを耳に強く押し当てた。

『「この先一度も欠席がなかったなら優遇してやろう」って』

「酒の席での約束は無効だよ。教授だって覚えてないと思う」

もっともな意見で旅行に望みを託すが、邦俊は『いや』と否定する。

『スマホで録画したし、ゼミのやつらも聞いてたから大丈夫だろ』

果たしてそんなことで単位が取れるとは思えないが、邦俊は本気で信じている様子だった。

「じゃあ……本当に行かないわけ？　旅行代金はどうするの？」

『今度払うから、立て替え頼むわ』

あっさりとお願いしたあと邦俊は、

『マジ、ごめん』

また単語で謝った。

信じられない思いで窓からの空を見る。さっきよりも薄くぼやけた青が広がっていた。

富士山静岡空港には初めて来た。そもそも飛行機に乗ったのは高校の修学旅行での一回だけ。それも帰り道のことは覚えていないから、文字通り一回分の記憶しかない。名古屋《なごや》の空港よりもスケールの小さい空港らしく、自動ドアを入るとすぐに航空会社のカウンターがあった。

　そのうちのひとつに碧の後ろ姿を見つける。いつだって碧の姿はすぐに目に飛び込んでくるから不思議だ。

　コートを腕にかけ係の女性となにやら話し込んでいる碧。近づく僕に気づくと、カウンターの女性に何度も頭を下げてからスーツケースを手に駆けて来た。

　紗矢の姿はない。トイレにでも行っているのだろう。

「おはよう」

　いつもの挨拶を口にした碧に、

「おはよう」

　何気ない口調を意識する。さて、邦俊のことをどう話すか……。

「あの、さ……」

　言いかけた僕に、碧はゆっくりと頭を下げたから驚く。長い髪がしゅるんと揺れ、窓からの光にキラキラしていた。

「え、どうしたの？」

「実は謝ることがあって」

珍しく声が落ち込んでいる。

僕たちの立っている方へ団体旅行らしい一同が歩いて来た。端っこにあるベンチに僕たちは流されるように座った。

肩をシュンと落とす碧が「あのね」と言いにくそうに話し出す。

「静岡駅で紗矢と待ち合わせしていたの。時間通りに紗矢は現れたんだけど、なんだか様子がおかしかったの」

「おかしい？」

「やたらハイテンションで、だけどずっとブルブル震えているんだよ。問い詰めたら、一昨日《おととい》から高熱が続いてるって。『今はない』って言い張っていたけど、びっくりするくらいおでこが熱かったの。前髪をセットする余裕もなかったみたいで、鶏のトサカみたいにピンって立ってた」

右手で自分の前髪を上げてみせた碧が「でね」と続ける。

「そのまま浜松に逆戻りだよ。奮発して新幹線に乗って病院へ送って行ったんだけど、すごいよね。浜松駅まで三十分もかからなかったんだよ」

「……つまり紗矢さんは旅行には来ないってこと？」

話が脱線しかけているので元のレールに戻すと、碧はこくんとうなずいた。

「紗矢は最後まで旅行に来たがってたけど、たぶんインフルエンザだと思う。今ごろ寝込んでいるはず。今はキャンセルの手続きをしていたの。せっかくなのにごめんなさい」

「碧さんが謝ることじゃないよ」

慰めの言葉のあと聞こえないようにため息を落とす。この旅で生まれ変わるつもりだったのに、決行は不可能という結果か……。

「僕からも話があるんだ。くにもさ……キャンセルになっちゃったんだ」

ぽつりと言えば、碧が短く息を呑《の》む音がした。

「邦俊くんも風邪を？」

「ううん。大学の授業でどうしても欠席できないのができちゃって。というか、くにが欠席しない約束を教授としたんだよ」

思い出しても腹が立つが、卒業してもらわないといけないのも事実。

「そっか、じゃあふたりきりだね」

「さすがに厳しいよ。全員分キャンセルにして、今度また再挑戦しようか」

半分立ち上がりかけた僕に、

「ダメだよ」

と首を振る碧。もう一度腰をおろすと、小さく頬を膨らませている。

「この期間じゃなきゃ意味がないんだから。絶対に悠希くんにオーロラを見せてあげる。約束したでしょ」

驚いたのは、碧が本気でオーロラを見られると信じていることだった。話の流れでそうは言ってたけれど、これほど真剣だとは思っていなかった。

逆に僕は最初から本気にしていなかったんだとも知る。

「それに、悠希くんが浜松からいなくなっちゃうじゃない」

そっか。僕たちは春には別々の町に住むことになるんだ。改めて実感すると胸のあたりがチクリと痛んだ。

「ゴールデンウィークに行くとか？」

「そんな時期、高すぎてチケット取れないよ」

かたくなに碧は譲らない。

「カウンターの人に聞いたら、飛行機のキャンセル料は五十パーセントもかかるんだって。レンタカーは全額って書いてあるし、もったいないよ。ホテルだって当日キャンセルは全額だと思うし」

「それは分かるけど。でも……」

「でも、なに？」

ずいと顔を近づける碧に慌てて顔をうしろに引いた。相変わらずの距離の取り方を久しぶりに感じた。

「彼氏さんが許さないよ」

勇気を出して理由を言えば、なぜか碧は顔をしかめた。

「カレシ……サン……」

初めて聞いた言語のようにカタコトでつぶやいている。

「碧さんの彼氏の立場になってみてよ。ふたりきりの旅行はさすがに厳しいし、許すはずがないと思う」

「私の彼氏が、ってこと？」

「そうだよ」

神妙にうなずいてみせると、

「――紗矢」

碧がつぶやいた。

なんで紗矢が彼氏になるわけ？　ひょっとすると『紗矢が教えたの？』という意味かも。

眉《まゆ》をひそめる僕を置いて、碧はなぜかゆっくりと立ち上がる。視線が僕のうしろにあることに気づきふり返る。

そこには旅行バッグを抱えた紗矢が立っていた。

駆けてきたのだろう、荒い呼吸をなんとか抑えると、

「お待たせ」

明るい口調でそう言った。

「どうしたの？　寝てなくちゃダメじゃない」

「だって治ったんだもん。一応マスクもあるし。あれ、ない。あった」

雪だるまみたいに膨らんだ衣類のポケットからマスクを取り出す紗矢は、僕から見ても病人そのもの。腫《は》れぼったい瞼《まぶた》に赤い顔、さらにはひどい鼻声。体調が悪いのは明らかだった。

「そんなすぐに治るわけないでしょう。まさかひとりで来たの？」

「違うよ」

と、紗矢が入り口のあたりを見ると、邦俊がフラフラこっちに向かって来る。

「くにが送って来たの？　まさか車で？」

早朝まで飲んでいたはずだから飲酒運転!?　真っ青になる僕に「いや」と邦俊はこめかみのあたりを押さえた。

「こいつが何度も電話して来て『送っていけ』ってわめくから、しょうがなく空港バスに飛び乗ったんだよ。俺、行かないのにさ」

「え、邦俊くん行かないの？」

きょとんとする紗矢に、

「来る途中に言ったろ。でもどうせ紗矢ちゃんも行けない。どっから見ても具合悪そうだろ」

だるさを隠さない邦俊が僕の横にドカッと腰をおろした。

「あたし行くもん。もう治ったんだから」

碧が近づくと、すねた子供みたいに紗矢は唇をキュッと閉じた。

「絶対にダメ。今回はどうしようもないよ。旅行はまた今度行けばいいじゃない」

「行く。だって、邦俊くんも行かないなら……」

その時になり初めて紗矢は僕を見た。熱のせいか力のない瞳《ひとみ》の奥に、まだ拒否が浮かんでいる。

「ふたりきりで行くことになるじゃん」

「紗矢、聞いて」

「聞かない。あたしも行く。ふたりきりでなんて行かせられない」

いやいやと首を横に振る紗矢の肩を碧はつかんだ。

「どうしても行きたいの。悠希くんとの約束を守りたい。私が約束を絶対に守りたいこと、紗矢は知っているじゃない」

「それでもダメ。絶対にダメ！　そんなの許せないよ！」

全身で叫ぶ。紗矢はもう、泣いていた。大粒の涙をぽろぽろとこぼしている。

その両手を碧の手がやさしく包んだ。

「約束は私にとって本当に大切なことなの。それに、私には彼氏なんていない。どうしてそんな嘘をついたの？」

ハッとした紗矢の目が揺らぐ。

「だって、だって……」

「高校の時から紗矢はいつも私を守ってくれた。お父さんが亡くなって落ち込んでいた私を助けてくれたのは紗矢だよ」

「…………」

「いつも感謝してる。でも、私もちゃんと自分の力で生きていきたい。だからこの旅で変わろうと思っているの」

澄んだ声で紗矢を諭す彼女もまた、これからの旅行で自分を変えようとしている。

ああ、そうか。正反対のようで、僕たちは少し似ているんだ。

碧に惹《ひ》かれる理由を知った気がした。

気がついた時には紗矢が碧から離れて僕へ向かっていた。止まることなく僕の胸をつかんだ。

「お願い。碧を連れて行かないで」

瞳にたまった涙がどんどん頬を伝っていく。なにを言っても彼女には伝わらない気がした。

「……ごめん」

僕の言葉に紗矢は傷ついた顔でうなだれた。

うしろから碧が紗矢を包むように抱きしめた。

「これからも紗矢の親友だよ。それは変わらない。だから今日は帰って休んで。お土産たくさん買ってくるから」

「でも……」

「私は紗矢と同じ視点に立ちたい。守られるだけじゃなく守りたい。そのために、北海道に行きオーロラを見たいの」

答えない紗矢がうめくように泣き続けている。

「ふわあああああ」

硬直した場に邦俊の大きなあくびが間抜けに響いた。

「ほら、さっさと行けよ。そろそろ受付しないと搭乗なんちゃらの手続きが終わっちゃうぜ。お前はこっち」

邦俊は大きな手で紗矢の上着の首あたりをつかむと自分の方へ引き寄せた。

「行けってば。これは家までちゃんと送り届けるから」

「……荷物じゃないもん」

「似たようなもんだ」

鼻で笑う邦俊に、僕は軽くうなずく。碧がスーツケースを手にした。

「紗矢、行ってきます」

「知らない」

「ふふ。じゃあ邦俊くん、紗矢をよろしくお願いします」

促されてカウンターへ向かう。途中でふり返ると、紗矢は大人しく連れられて出て行くところだった。

「ありがとう」

横顔で言った碧に、鼓動が速くなる。けれど、それは心地の良い痛みだった。

受付と邦俊の分のチケットキャンセルを済ませると、もう搭乗時間になっていた。

小さな空港なので二階にある出発ゲートまでは数分しかかからなかった。

「ここから札幌まで行って、飛行機を乗り継ぐんだよね」

碧手製のしおりを開く。

「そう。女満別空港ってとこ。私、北海道自体が初めてだから楽しみ」

機種は小型で、僕は窓側の席、碧はその左。碧との距離がこれまででいちばん近い。

「悠希くんは北海道に行ったことあるんだよね？　たしか修学旅行だっけ？」

「うん」

邦俊が話したのだろう。そのまま話が流れるのを待とうとしている自分に気づく。自分を変えるには避けちゃダメだ、と言い聞かせる。

「その時は札幌と函館《はこだて》だったかな。だから女満別空港には初めて行くよ」

「じゃあ、初めて同士ってことでがんばろうね。ちなみに私、極度の方向音痴だから」

「それは僕の方がレベルが上かも。レベルが高い方がより方向音痴っていう意味だけど」

「迷ったらふたりして凍えちゃうね」

それもいいかもしれない。

内緒話みたいに小声で話しているうちにいつの間にか飛行機が動き出していた。CAによる非常時の説明を熱心に聞いているうちに、滑走路へ機体は進む。

今ごろ邦俊と紗矢は帰りのバスの中だろうか。

それにしても、碧に彼氏がいなかったなんて。うれしい気持ちと困った気持ちがさっきからせめぎ合っている。

これで気持ちを止めるストッパーは必要がない。逆に、苦しくなる未来もはっきりと見えている。

意識しないようにしないと。この旅の目的を忘れないように自分に言い聞かせる。

「でもさ、いくら北海道に行ってもオーロラを見られる確率ってかなり低いよね」

「シッ」

碧は人差し指をピンクの唇に当てた。

「悪い予感は口にしないこと。これも約束だからね」

「約束だらけだね」

「そうだよ」

少し笑った碧が、前かがみになり僕の顔を覗《のぞ》き込んだ。

「信じていれば願いはかなうんだよ」

「そうかな。信じてもどうしようもないこともあると思うけど。未来なんて真っ暗だよ」

思わず本音を漏らしてしまった。願いがかなったためしなんかない。あるのは恐ろしいほどの結末とその後に続く虚無な世界だけ。

「ほら、また悪い予感を言った。これから言うごとにペナルティを科します。そうね、ジュースってことでどう？」

渋々うなずくと、急にエンジン音が大きくなると同時に機体が速度を上げた。軽いバウンドのあと窓からの景色は斜めになり地上がぐんぐん遠ざかっていた。

すぐに海が眼下に広がる。山も町も小さくなり、目の高さに雲が浮かんでいた。黄金色に輝く海に無数の波が模様を作っている。

シートに頭をつけると夜勤明けのせいか急激に眠くなってきた。

碧が前のシートにあった雑誌をめくりながらなにか話している。答えなくちゃ。そう思いながらも、抗《あらが》えないほどの眠りの海に落ちていく。

女満別空港行きの飛行機にエンジントラブルが見つかったせいで出発が遅れた。ようやく新千歳《しんちとせ》空港を飛び立ったのは夕暮れが濃くなる時間で、夜の訪れとともに女満別空港へ到着した。

予約時間を大幅に過ぎているので急いでレンタカー会社に滑り込む。旅のはじめからトラブル続きだ。

手続きを済ませガレージへ案内されると、グリーンの小型車が準備されていた。かなり第一印象の強い色だ。

「私がリクエストしたの。ちょうどホームページに載っててかわいいな、って」

「これってなんていう車？」

車のトランクに荷物を入れながら尋ねると、

「よく分からない」

という返事。

　運転席のドアを開けようとする僕の手を碧がつかんだ。

「悠希くんは寝不足だから今日は禁止」

「大丈夫だよ。北見《きたみ》市まではすぐでしょ」

　すると碧は胸ポケットからメモ帳を取り出し開いた。

「一時間くらいかかるらしいよ」

　覗くと文字がびっしり書き込まれている。きっと旅の情報をまとめてくれているのだろう。

「一時間くらいなら平気だよ」

「いいから任せて。こう見えても運転は自信あるんだから」

　助手席に追いやられて渋々座った。

　碧がエンジンをかけると操作を一緒にチェックする。ナビを今日のホテルに合わせるためにふたりでタッチパネルを押し合う。

　なんだか恋人同士みたいだ、なんてにやけそうになる顔を意識してこらえた。

「よし、それじゃあ準備はいい？　オーロラ号、いよいよ出発です」

「オーロラ号？」

「そう、オーロラを見るためのオーロラ号。シートベルトも大丈夫だね？　じゃあ出発！」

ポン、とナビが電子音を鳴らした。なんだか間抜けな音に顔を見合わせて笑い合う。
僕たちの旅が今、はじまった。

【第五章】青にこわれる

【ノルウェー】

11月9日（月）

ノールカップは、ヨーロッパ最北端の岬らしい。

港から車で山道を走ること一時間、民家もなにもない場所の果てに丸い鉄球のモニュメントが岬の端に建っていて、そこから先は黒い海が広がっている。

大きな建物が近くにあり、中には土産物屋があった。

階段を降りると地下にはノールカップについて紹介するビデオの上映、小さな教会などがあった。

ルーカスがお祈りをしている間、喫茶店で待っている。

びっくりするほど大きなワッフルと格闘しているところ。

窓の外には見渡す限りの白銀の世界が広がっていて、曇り空の元、世界は色を失くしたみたいに思える。

最果ての地にいる僕は、この旅でなにか変わることができるのだろうか。

答えはまだ、分からない。


客船に戻って来たのは午後四時前。なのに、景色はすっかり夜になっていた。開かない窓から外を見れば、フィヨルドの大地がうっすらと見えている。

やることもなく、椅子に座りバックパックのなかを整理する。ふと乗船する時に買ったキーホルダーが手に触れた。存在すらすっかり忘れていた。

結局、他に買い物はなにもしていない。もともと物欲が激しい方ではないし、親や友達には、帰りの空港でお菓子でも買えばいいだろう。

バックパックの黒一色の生地にノルウェーの国旗がよく似合っている。

狭いベッドに横になると船の揺れを背中で感じた。心地よくなり気がつけばウトウトしてしまっていた。

ドアが三回ノックされたのも、半分夢のなかで聞いていた。体がベッドに溶けているような感覚に身を任せていると、さっきよりも強くノックが鳴った。

ノロノロと起き上がりドアを開けると、

「ヘイ、ユーキ」

右手にグラスを二個、左手にボトルを持ったルーカスが立っていた。僕が口を開く前にルーカスはずんずん中に入ってきたかと思うと、ひとつだけある椅子に腰をおろす。

「ノールカップ到着に乾杯をしよう」

なんて言い、手際よくコルクを抜くルーカス。

「だから僕はお酒が飲めないんだって」

「知ってる。これ、シャンペンジュースだからダイジョブね」

それなら断る理由もない。ベッドの端に腰をかけグラスを受け取る。

「旅ももうあと少しね。ユーキ、楽しんでいる？」

「そうだね」

「明日からは船はベルゲンへの折り返しだよ。オーロラチャンスもまだ残っている」

「そうだね」

同じ言葉で返しながらグラスを合わせると、チリンと風鈴のような音が響いた。グラスの中で薄い金色に輝くシャンペン。弾《はじ》ける泡をじっと見ていると、

「続きを聞きたい」

シャンペンを飲み干したルーカスが真面目な顔をしている。

「昨日の話、途中だった。彼女とホッカイドーに旅をした話の続きは？」

「つまらない話だよ。それに、あんまり思い出したくないんだ」

グイとグラスをあおれば炭酸が喉《のど》でさわがしい。昨日、ルーカスに話をしてしまったことをずっと後悔している。

君との記憶はふたりだけのもの。誰かに話をするのは違うと思ったから。けれどルーカスは首を横に振る。

「だってボクたちはもう友達だろ。ユーキのこと、もっと知りたい」

「うれしいけどやめとく」

「どうして？　ユーキは友達にはなんでも話をするでしょう？」

追加のシャンペンをグラスに注ぎながらルーカスがチラッと僕を見た。

「昔の話は親友ともしていない。というか、したくないんだよ」

邦俊の顔が浮かんだ。高校からの友達である邦俊は、彼女とのことを知っている。だけど、その話は僕たちのなかでタブーのような扱い。

きっと気を遣わせているんだろうな、と改めて思った。

「旅の恥はペンで書いて捨てる。だから続きを話す」

「旅の恥はかき捨て、でしょ」

訂正するとルーカスは「ん」と顔をしかめた。

「そう、それ。最初からそう言ってる」

　それから僕たちはなぜか少しだけ声に出して笑った。彼の明るい人柄が苦手であり好きでもある。

「日本人はオーロラが好き。だけどユーキはきっと違うと思った」

「どう思ったの？」

「オーロラを探している時のユーキはとても悲しそうだから」

「……そうかもね。ううん、きっとそうだと思う」

　オーロラを見たい。こんなに願っているのにどうして見られないのだろう。

「ノルウェーに来たことがユーキのパワーになってほしい。もっとユーキに元気になってほしい。きっと日本の友達も同じことと思っている」

「……うん」

　不思議なほどルーカスの言っていることは腑《ふ》に落ちた。親も友達も、僕が旅に出ることを一生懸命あと押ししてくれた。それは少しでも僕が元気になってほしいと願っているからだろう。

　それくらい旅立つまではどん底だったから。

「ユーキは今日、ノールカップに行った。北の端っこに自分の足で立ったんだよ。なんでもできるパワーを手に入れたんだよ」

　大げさだと思った。だけど、このまま日本に戻っても同じだろうと思っているのもたしかなこと。

「分かったよ」

暖房のせいで熱い頰を押さえて、一気にシャンペンをあおった。窓の外を見ると空には星が輝いていた。そう、あの日もこんな天気だった。

「北海道についた僕たちは、ふたりっきりで輪から抜け出すことにした。オーロラを見に行くことが当たり前のことのように思えたんだ」

「昨日もそれ言ってたけれどおかしいよ。日本でオーロラを見られるなんて聞いたことがない」

「そうだろうね。でも、僕たちはそれを信じたんだ」

なにがあの日の僕たちをそうさせたか、今になっては分からない。ただ、僕たちはなにかにつき動かされるように高い山を目指した。

高揚感と不安が入り混じる感覚を今でも覚えている。

けれど、僕たちはあまりにも幼すぎた。今では名前すら覚えていないオーロラが見られるという町があまりにも遠すぎること。さらに電車すら通っていないことを知らなかったんだ。

体調が悪そうな君に自動販売機でお茶を買ってあげたよね。

だんだんと日が傾き、僕たちは作戦が失敗したことを認めて少し笑った。見知らぬ街の見知らぬ交差点。

信号が青になり歩き出す。君が作る長い影。

ふいに君の手からペットボトルが逃げて行った。バウンドして転がるそれを君は『もう』と呆《あき》れた声で追いかける。君の髪が夕暮れの光にキラキラとまぶしい。

それが現れたのは突然だった。

白い車体がまっすぐに交差点へ侵入してくることに気づいた時には遅すぎた。

君の名を叫ぶこともできないまま、大きな音が響いた。

やめてくれ、彼女を連れて行かないで！

お願いだからどこにも行かないで！

「ユーキ！」

急に名前を呼ばれて僕はハッと我に返った。ここは……部屋のなかだ。

心臓がまだバクバクと激しく鼓動を鳴らしている。あの事故の日にタイムスリップしたみたいな感覚だった。耳がまだあの衝撃音を覚えている。

「ダイジョブか？」

僕の肩にその大きな手を置き、ルーカスは心配そうに尋ねる。半分実感がないまま、何度かうなずく。

「……ちょっとデッキに行ってくる」

「つきあうよ」

立ち上がろうとするルーカスを右手を広げて止めた。

「ひとりで行きたいんだ。話の続きはまた次回ね」

精いっぱいの作り笑顔を残して部屋を出た。揺れる船内を歩きエレベーターに乗り九階へ。

重い扉を開けて外に出れば冷たい風が一気に体を冷やしてくれる。

「ああ……」

白いため息がこぼれる。目の前は雪景色だった。照明に照らされてオレンジ色の雪の粒が縦横無尽に躍っている。

やっぱりオーロラは、今日も現れてはくれない。

【日本】

ホテルのロビーにあるソファに座って大きな窓から外を見る。

昨日は暗くて見えなかった風景が薄い朝の光に包まれている。町中にあるホテルなのだろう、三階建てのビルと交差点、そして向こうには駅らしき建物が見えている。

北海道といえば広い大地を想像していたけれど、普段見ている景色と大差なく、雪も積もっていなかった。

そうだろうな、とひとつ伸びをした。テレビや写真で見る北海道は、観光地の映像だろうし。

ぐっすり寝たのに昨日のドタバタの疲れは若干残っているみたい。

フロントでもらった地図を確認すると、ホテルのすぐそばに『北見駅』の文字があった。やはり駅前らしい。

碧の手製しおりをめくれば、二日目の午前中は『北見市探検↓陸別町へ』とのこと。ページのはしっこに玉ねぎとじゃがいもらしきイラストが描かれていた。

腕時計を見ると約束の時間から十分過ぎている。授業では誰よりも早く教室にいるのに珍しい。

まだ寝ているのかな。

時差ボケする距離ではないものの、ベッドが変わると眠れない人もいるらしいし。

ロビーで座っている時間は、どこか落ち着かない。客なんだから堂々としていればいいのに隅の場所を選び、さらにソワソワしてしまう。

それにしても、としおりを閉じた。

ふたりきりで北海道に来るなんて想像もしていなかった。実感がないまま慌ただしくこの地へ降り、まだ想像の世界にいるみたい。

オーロラを見ることが表のテーマだとしたら、旅を通じて自分を変えるのが裏テーマだろう。これまで避けていた過去との対峙《たいじ》を果たすために、僕はなにをすればいいのだろう。

もしも碧に話をしたなら、彼女はどんな反応をするのだろう。だろう、だらけで先へ進めなかった自分を変えたい。そう思った。

エレベーターが開くと慌てた様子の碧が左右を見渡し、正面に座る僕を見つけて駆けてくる。

「ごめんね。ほんと、ごめん。寝坊したわけじゃなくってね、ちょっとだけ時間かかっちゃった」

分厚いコートを胸に抱える碧に、

「おはよう」

と言うと、「あ……おはよう」と気まずそうに小声で挨拶《あいさつ》をした。

「僕も今来たところだから大丈夫だよ」

なんてありふれた言葉しか言えない。

ふたりでチェックアウトをして忘れ物がないか尋ね合う。こういうのも楽しいし、なんだか新鮮だ。

自動ドアを出ると思わず目をつむりたくなるほどの冷気が襲ってきた。

車に乗り込むと碧がナビをセットする。

『目的地までおよそ三十キロメートル。四十分くらいかかります』

アナウンスに導かれ大通りへ出た。

「あー広いね」

助手席で碧がニコニコしている。道の幅なのか空のことなのか分からずに、

「うん」

と答えた。どんな言葉でもすっと心に染み込むみたい。

バッグをごそごそとあさってから、

「ノーメイクだしマスクするね」

碧は顔の半分を白いマスクで覆ってしまう。別にいいのに。少し残念な気持ちでの

「うん」を返す。

「どこへ向かっているの？」

ハンドルを切りながら尋ねる僕にしばらく黙ってから、

「内緒だよん」

と碧は答えた。

もっと緊張するかと思ったけれど、意外にスムーズな出だしと言えよう。

音楽をかけることもなく、僕たちは大学のことを話題にした。僕の卒業後のことや、

碧の好きな講義の話。旅ははじまったばかりなのに、目的地に近づく車をにくらしく思ったりした。

やがて到着した広い駐車場は観光客でにぎわっていた。大きな看板に『山の水族館』と書かれている。

「山の水族館？」

ブレーキペダルを踏んで停車を完了させた。碧は小さなメモ帳を自分にだけ見えるように開いた。

「えっとね、『自然を模した展示方法で川の魚を中心に見ることができます。滝つぼを再現した水槽は日本初です。凍った水の下を泳ぐ魚たちも見どころのひとつ』だって。氷の下を魚が泳ぐの？」

僕に聞いても分かるわけないのに首をかしげている。

外に出るとさっきよりも太陽が高い位置で光っているものの、猛烈な風が土産物屋の旗を波打たせていた。

「寒い！」

体を丸めて僕たちは離れた場所にある入り口を目指した。先を行く碧が急に足を止めたので横に並ぶと、ガチガチと歯を鳴らしている。

「ここはあとにしない？」

両腕を抱く碧が助けを求めるような目で言った。

「え？」

「ほら、こんなに寒いと、凍った水の下を泳ぐ魚を見たらますます凍えちゃう」

冗談かと思ったけれど本気らしく、車の方へ身を小さくして戻ってしまう。

すぐに車に戻ってエンジンをかけると、エアコンの吹き出し口に手を当てている。

こんなに寒がりだっけ？

「ごめんね。北海道の寒さを甘く見てたみたい」

「目的地の陸別町はたしか日本一寒い町じゃなかった？」

前に聞いた説明を思い出す僕に、「違うの」とすぐに碧が言った。

「ここがこんなに寒いと思ってなかっただけ。昨日の夜は浜松とそんな変わらなかったもん。防寒の下着を着なかったし、靴下も普通のやつを選んじゃったから。陸別町対策は万全だよ」

「それならいいけど」

この辺りは温泉街みたいだし、日帰り入浴とかであったまる？

言葉にする前に、いやらしさがないか自己チェックする。少し怪しいという結論に達し口を閉じる。そんな僕に気づくことなく、碧はかじかんだ手でメモ帳を確認している。

「予定より少し早いけど昼ご飯にする？　食べ終わったらもう陸別町に向かっちゃえばいいし」

どうやら水族館にあとで来る案も撤回されたらしい。碧と一緒ならなんだっていいけれど。

元来た道を戻るオーロラ号。行きと違って碧はあまりしゃべらなかった。

寒さが本当に苦手らしく、ナビが教えてくれたレストランに着いても駆け足で店内へ逃げて行ってしまう。旅はその人のいろんな面を教えてくれるんだな。

ふいにジャンパーに入れているスマホが震えた。画面に『葉子さん』と表示されている。

まさかバイトの応援依頼じゃないよね。通話ボタンを押す前にコールは切れてしまった。

折り返すかどうかを三秒迷って、結局スマホをポケットに戻した。今はご飯が先だ。葉子さんにはあとでかけよう。

店内に入るとまだ午前十一時前なのに半分ほどの席が埋まっていた。

レストランはファミリーレストランのような内装で、壁にはポスターがべたべた貼られてある。碧は上着を着たままで右奥の席に座っていた。

遅れて席につく僕に、

「なんだかバタバタしてごめんなさい」

落ち着いた様子で碧はぺこりと頭を下げた。

「全然いいよ。なんだか碧さんらしい」

「『碧』って呼んでほしいな」

「えっ？」

驚きを隠せないでいると、碧は意味もなくメニュー表の角のあたりを指で触った。

「仲良くなったら呼び捨てかあだ名がいいでしょ。ちょっとコンプレックスなんだけど、私、あだ名ってつけられたことがないの。友達はみんなあだ名で呼び合ってるのに、誰もつけてくれなかったんだよね」

店員が温かいお茶を運んでくる。どうやら碧が頼んだらしい。両手で湯《ゆ》呑《のみ》を包むように持つ碧が、

「『碧』って呼んでくれたらうれしいな」

なんて言うから、僕の顔は赤くなっているに違いない。

「じゃ、じゃあ僕のことは『悠希』って呼んでくれる？」

寒がっている碧とは逆に顔が熱くてたまらない。いや、背中も胸のあたりも全部だ。

「悠希くんは一応先輩だし、それはちょっと……」

一応、の言葉が気になるがスルーすることにする。

「あだ名がないのは僕も一緒。今日までつけられたことがないんだよね」

「じゃあふたりであだ名をつけ合うってのはどう？」

「それいいね」

くすぐったさをごまかすようにメニューに手を伸ばすが、すんでのところで碧に奪われた。

「もう注文はしてるから大丈夫だよ」

なにを頼んだかは内緒らしい。

言っている間に店員が木のトレーを運んできた。中には鉄板が置かれていてジュージュー音と湯気を盛大に立てている。

これは、焼きそばだ。麺《めん》の色は黄色のままなので、ソース味ではないらしい。香ばしい湯気が食欲をそそる。

「えっとね」

案の定メモ帳を手にした碧。

「北見市名物の『オホーツク北見塩やきそば』です」

「オホーツク北見塩やきそば」

くり返す僕に碧は目線はそのままで大きく首を縦に振る。

「北見市の名産である玉ねぎ、ホタテを使った塩味の焼きそばです。ひと口食べると北海道の自然を感じられるでしょう」

　文字を追っているせいかぎこちない日本語。

　いくぶん音の落ち着いた焼きそばは、言われたようにオニオンリングフライとホタテが三つずつ置かれていた。

　食べてみると思ったよりも海鮮の風味が濃く、塩味が加わることでうま味が増している。つるんとした麺に焦げ目が程よくついていて、空腹だったせいかどんどん口に運んでしまう。

「しおりにもイラストを描いてたでしょう？」

「イラスト？」

　たしかに描いてあった、とバッグの中のしおりを開いてみた。

「玉ねぎは分かるけど、これホタテだったんだね」

「えー。なんだと思ったの？」

「じゃがいもかと思った」

　推敲《すいこう》する間もなく放った言葉に、

「ひどい！」

　と言いつつ碧も笑っていた。

　食後のコーヒーが終わっても、まだあだ名は決まらないまま。候補はそれなりに出たけれど、碧は『オーロラ』『オラ』『みど』、僕のは『ユウキング』が最有力候補だった。つまり、良い案はひとつも出なかったのだ。

「じゃあ、お互いに呼び捨てで決定ね」

まだ少し寒そうに両手で体を抱く碧。

「いいよ。……碧」

平気なフリで呼んでみるが、こらえきれずに碧が噴き出してしまう。

「ごめんなさい。なんだか新鮮すぎて」

「ひどいなぁ」

「悠希」

ふいに彼女が僕の名前を呼んだ。

「……うん」

好きになる気持ちはもう止まらずに加速していく。なにもかもを包み込んで僕を未来へと運ぶんだ。

いつか碧に僕の過去を知ってもらいたい。

こんなこと、初めて思ったよ。

どこまで走っても山道が続く。上下左右に振られる車、木々で遮られて翳《かげ》る道。大平原なんてどこにもなく、朝に感じた北海道の感想はさらに深まる一方だった。

一時間以上かけ陸別町の看板が現れたのも、そんな山の途中。なんだかあっけなく目的地である町へ到着したことになる。

口には出さないけれど碧も唇を尖《とが》らせて不満そう。

「目的地はホテルにセットしてあるの？」

「うん。なんと名前が『オーロラハウス』っていうんだよ。ちょっと変わった場所にあるけど、名前からしてオーロラが見られそうじゃない？」

「変わった場所って？」

「到着までのお楽しみ」

暖房の効いた車内は暑いくらいなのに、まだ上着を着たままの碧は雪だるまみたい。

ようやくナビが『目的地付近です。ルート案内を終了します』と言ってくれた。が、どこにもホテルはない。駐車場にある看板には『道の駅』と書かれているし、ナビの地図にも同じ文字が表示されている。

僕の不安をよそにシートベルトを外すと、

「運転お疲れさま」

と、道の駅の外観に目をやる碧。

「オーロラハウスは道の駅の二階なんだって。すごいよね、私たち道の駅に泊まれるんだよ」

彼女の言葉は魔法だ。消え去った不安の代わりに楽しい気持ちが生まれている。

荷物をおろし歩いていくと、入り口の前に『日本でいちばん寒い町』と書かれた看板があった。この町のキャラクターらしき男の子と女の子がブルブルと震えているイラストが添えてあった。

「ここがオーロラが見える町？」

「標高が高いから見えるみたい。あ、ほら」

自動ドアの中に入った碧が壁にかけられているプレートを指した。以前ここでオーロラが見られたことが記してあり大きな写真も載っていた。やっぱり色は緑色ではなく濃い夕焼けのような赤い色をしている。

気を取り直すように二階へ続く階段をのぼる碧が途中で振り向いた。

「チェックインしたら夜に備えてお昼寝しよっか」

マスク越しで表情はよく分からないけれど、碧も山道続きで疲れたのかもしれない。

「夕食は七時だから。悠希、寝過ごさないでよ」

「碧こそ」

あとの言葉はうまく続けられなかった。まだ呼び捨てには慣れない。

「眠いね」

「眠いね」

碧の言葉は魔法だ。いつだって言葉の通りに僕を染めていく。

午睡から目覚めたのは、枕の下から低い振動音が聞こえたから。一瞬どこにいるのか分からなくなり、見慣れぬ天井に固まってしまった。

ああ、そうだ。ここは……そう、オーロラハウスだ。

スマホでアラームをかけていたんだっけ。手に取ると、画面には『葉子さん』と表示されている。アラームじゃなく着信だったんだ。

「もしもし」

ベッド上に起き上がると、

『あ、市橋くん。私、葉子です』

やけに葉子さんの声が近くに聞こえた。浜松からはずいぶん離れた場所にいるのに電話って不思議だ。

まだ寝ぼけているのか、

「あ、はい」

ぼんやりした頭で窓を見れば日が傾きかけている。

『ごめんなさい。旅行中なのは知っていたんだけど、少しだけいい？』

「大丈夫です。さっきは出られなくてすみませんでした」

起き上がり窓辺へ近寄る。眼下にはいくつものレールが走っていた。道の駅に電車が通っているらしい。

『あのね、どうしても市橋くんには伝えておきたくて……』

そっか、店をたたむことを決めたのかと、なぜかすぐに理解できた。

『いろいろ考えたんだけど彼の実家に行くことにしたの』

「高木さんと一緒にですか？」

聞いてから、なんて当たり前のことを尋ねているんだろうと頭を振った。

「すみません。ひとりで行くわけないですよね。でも……」

言いかけた言葉をすんでに飲み込む。が、葉子さんは僕の言葉を待っているのか『うん』とだけ答えた。

「葉子さんは、本当にそれでいいのですか？」

『うーん。そう尋ねられると自信がなくなっちゃう』

笑みを含んだ声が聞こえる。

『高木はいい加減でわがままでどうしようもない人なの。今はいくら反省してても、人なんてそんなに簡単に変われるわけがないことも知ってる』

「だったら――」

『でも、抗《あらが》えない運命もこの世にはあると思うの。そして、その運命を受け入れたいと願う自分もいるのよ』

冷静に判断しつつ、それでも欲求に逆らえない葉子さんは人間らしくて温かい。反対したい気持ちはあるけれど、葉子さんが選んだ道なら……。

「葉子さん、この間『今が不幸だ』って言ってましたよね」

『そうね。今もそう思ってる。でも、もっと不幸になるかもしれないとも思う』

「葉子さんが幸せになれるなら、僕は応援したいです。だから幸せになってください。信じていれば願いはかなうんです」

碧が言っていた言葉を電話越しの葉子さんに贈る。

少しの沈黙のあと、葉子さんが『ありがとう』、そう言った。

『……市橋くん、なんだか変わったね』

「そうですか？」

力が抜けベッドに仰向《あおむ》けで寝転んだ。

『失礼な言い方だけど、前までは他の人は視界に入っていないようだった。なのに最近はいろいろ話をしてくれるし、パートさんたちからも評判いいのよ』

犬塚さんの顔が浮かんだ。今のところ変な噂は立てられていないらしくホッとする。

「お店はいつまでですか？」

電話をしてきたってことは、ひょっとしたら在学中に閉店するのかもしれない。

『一月末までで私は除名してもらうことになったの』

かなり急な話だ。だけど、葉子さんが決めたことなら仕方がない。

「分かりました」

と言いながらも頭の中でシミュレーションを開始する。卒業を控えているとはいえ、引っ越し代のこともあるし短期バイトでも探して——。

『でもお店はそのまま続けてもらうから安心してね』

「え、続けるんですか？　本社の直営とかになるんですか？」

『まだみんなには内緒なんだけど、三澤くんがオーナーを引き継いでくれるの。普通なら夫婦じゃないとオーナーにはなれないんだけど、特例扱いで——」

「ちょっと待ってください。三澤さんが？」

話の内容についていけず会話を遮る。三澤さんがオーナーになるなんて想像もしていなかった。なにかの間違いだろうとスマホを耳に隙間なくつける。

『三澤くんに話をしたらね、この案を提案してくれたの。驚いたし反対もしたけど、すぐに本社に稟議《りんぎ》書まで上げてくれてね。私もまだ信じられないけれど、来月から三澤くんが新しいオーナーになるのよ』

ふと、三澤さんが葉子さんと楽し気に話している姿を思い出した。葉子さんに恋をしている三澤さん。彼は今どんな気持ちなんだろう……。
好きな人が目の前から消えてしまう悲しみは、僕にも痛いほど分かるから。

窓には自分の顔がぼんやりと映っている。視線を逸《そ》らすように外を見れば、もう町は夜に塗り替えられていた。

約束の時間になっても碧は受付の前に姿を見せなかった。一旦《いったん》廊下を戻り、碧の部屋をノックした。

しばらく反応がなかったが、やがて鍵《かぎ》を開ける音がした。顔を見せた碧はさっきと同じように上着を着こんでいる。

「おはよう」

その声は気だるさを隠してわざと元気に言っているみたい。

「遅くなってごめん。すぐに行くね」

ポケットからマスクを取り出す碧。その時になってようやく僕は気づいた。

「ひょっとして……体調が悪いの？」

「そんなことないよ」

間髪を容《い》れずに答えた碧が赤いリュックを手に廊下に出て来た。頭が痛いのか顔をしかめて、だけど寒そうに背中を丸くしていて……。

『そんなことある』のがリアルに伝わる。

「さ、行こう。ご飯食べてオーロラ探索に出発だよ」

「ダメだよ」

歩き出そうとする手を握ればびっくりするほど熱い。高熱が出ていると知ったと同時に情けなさが込み上げた。碧は風邪を引いていたんだ……。

今朝、ロビーに遅れてきた時点で気づくべきだった。水族館の駐車場でのことも車での寒そうな様子も、おかしなところはたくさんあったのになんで気づかなかったのだろう。

「ごめん」

いつまでたっても僕は自分のことばかりを考えている。好きな相手の変化にすら気づけないなんて情けない。

「なんで悠希が謝るのよ。私が悪いの。あ、でもこれは、紗矢の名誉のために言っておくけど彼女からうつされたわけじゃないからね。潜伏期間にしては短すぎるし、インフルエンザの症状とも違うから」

こんな時でも友達をかばう碧はやさしい人だ。だから具合が悪いことを言えずに無理をさせてしまったのかも。いつもなら自己嫌悪のスパイラルに飲み込まれるところだけど、すぐにそれを断ち切り僕はスマホを取り出して言う。

「とにかく車へ行こう。ご飯はあとで」

「オーロラにはまだ早いよ」

「病院に行くんだよ。いいから早く。近くかどうか分からないけど内科があるみたい」

ホームページの住所をスクショして階段を降りる。

外に出ると風はないものの痛いほどの寒さが待っていた。短い悲鳴を上げた碧の手を取って車に乗せ、慌ててエンジンをかけた。暖房が効くのを待てず走り出す。すでに時間は午後六時半を過ぎている。スマホの情報だと診察はもう終わっている時間だ。

走り出してすぐに内科の看板が見つかった。小さな病院の駐車場に停めると同時に看板の照明が消されてしまった。

「待ってて」

そう言い残し入り口に向かって駆ける。自動ドアのカギを閉めようとしていた看護師に事情を説明し、医師に診察をお願いしてもらう。

自己嫌悪はホテルに置いてきたみたい。

ただ、今は碧のことだけを考えている自分がいた。

内科をあとにしたのはそれから一時間半後のこと。親切な初老の医師は『扁桃腺《へんとうせん》の炎症』の診断だけじゃなく、インフルエンザの検査、さらには熱さましの点滴までしてくれた。

碧によると扁桃腺が腫《は》れることはたまにあり、たいてい高熱が出てしまうそうだ。

「インフルエンザじゃなくて良かった〜」

助手席で上機嫌の碧に、

「まだ分からないよ。感染後すぐだと検査結果がきちんと出ないこともあるって言ってたし」

医師の言葉をくり返すが、碧はもう鼻歌までうたっている。

さっきはどうなることかと思ったけれど、点滴のおかげで寒気も和らいだ様子でホッとした。

「まだ車を動かさないでね」

マスクを外し、なにやらナビを操作している。

「ホテルの場所なら覚えているよ。すぐそばだったし」

「目的地はホテルじゃないよ。このままオーロラを見に行くの」

冗談かと思うようなことでも、碧がいつだって本気だということは学習済みだ。

「今日は大人しくホテルに戻って寝ること。明日もオーロラチャンスはあるんだし」

「オーロラチャンス？　オーロラを見ることをそういう風に言うんだ。初めて知った」

「いや、そういうことじゃなくて……。ちゃんと体を治さないと悪化したら大変だから」

体調が悪いのを知っていてオーロラなんて見に行けない。ナビを取り消そうと指を伸ばす。

「だって約束したよね？」

タッチパネルに触れる直前で指を止められた。

「約束はもういいよ。まずは体調を戻さないと」

「よくない。約束は絶対に守りたいの」

声が真剣だった。ゆっくり手を元の位置に戻す僕に、碧はふうと息を吐いた。

「ごめんね。自分でもこだわりすぎているって分かってる。約束を守ることに執着しすぎているよね。でも、変えられないの」

「……なにか、あったの？」

尋ねる僕に碧は首を横に振った。

「この話はおしまい。元気になったらちゃんと話す。ううん、悠希に聞いてもらいたい」

「——僕も、話したいことがあるんだ」

自然に言葉がぽろりとこぼれた。碧は知っていたかのようにうなずく。

「とにかく少しだけでも観察しに行こうよ。車の中で見るだけでもいいから」

ひどくさみし気な声が、街灯の少ない町に似合っていた。

ライトを消すと木々のシルエットも闇に沈んだ。

エンジンの音だけが聞こえる車内で、もう一時間以上僕たちはガラス越しの空を見ている。

空にはたくさんの星が見えるけれど、無数に輝く星空とまではいかない。遠くに見える町の明かりのせいだろうか。

「見えないね」

首を伸ばした碧が不満そうに言った。十一年に一度の奇跡も、彼女にとっては必然らしい。僕も時折車外へ出て見渡してみたけれど、オーロラらしいものは確認できなかった。

山頂にある駐車場の横には大きな建物が黒いシルエットで見えている。

「あれはなんだろう?」

なんだか火葬場のように思えてしまい尋ねると、碧は車内灯をつけ得意のメモ帳を取り出す。

「『銀河の森天文台』だって。明日の昼間はあそこでオーロラについての展示を見る予定だよ」

しおりにそんなことが書いてあった気がする。ふと気になった僕は碧の横顔を見た。

「あのさ、言いたくなかったらいいんだけど……。オーロラが好きじゃなかったって、本当のことなの？」

あの日、紗矢はそう言っていた。彼氏がいると嘘をついていたくらいだから信用する義理もないけれど、それを口にした時の紗矢は真剣だった気がする。

車内灯のスイッチを切ると碧はシートにもたれた。

「うん。昔は好きじゃなかった。むしろ、こんな名前をつけるきっかけになったオーロラのことは嫌いだった」

「どうして、いい名前なのに」

「今はそう思うよ。私が子供過ぎたんだと思う。二文字の名前がいいとか、オーロラから名前をつけたなんておかしい、とか。文句を言っている時はね、いつだってお父さんもお母さんも困った顔で笑っていたんだよね」

「うん」

「思い出すと恥ずかしいし後悔してる。だけど、最近は変わったんだ。少しずつ自分の名前が好きになっていた」

そうしてから碧はこっちを見た。暗い車内ではどんな表情なのか見えない。

「そんなタイミングで悠希と出会ったの。教授に一生懸命オーロラの授業をしてほしいってお願いしている悠希を見て、私も同じ気持ちになった。だから、声をかけたの」

そうだったのか……。あの時の碧は僕のために言ってくれていたんだ。静かな感動に胸がいっぱいになった。

黒い雲が星を隠し出した。月の光は弱くなり、黒い世界に僕たちはふたりきり。

「雨が降り出すね」

そう言った碧に僕はうなずく。

少しの沈黙のあと「帰ろう」と言った碧の声はいつものように明るかった。

「明日もオーロラチャンスはあるしね。天気予報は曇りだけど、きっと大丈夫。絶対明日こそ見られるから」

「不思議なんだけど、なんで碧はいつもそんな自信があるの？　いくら約束だって言っても、オーロラが見られる確率なんて相当低いわけだし」

僕の質問に碧は笑ったように見えた。

「最初からあきらめるなんてしたくないから」

「本気でオーロラを見られると思っている。そういうこと？」

「そうだよ」

当たり前のように言う碧が、体ごとこちらを向いた。

「ねえ悠希、一度だけ信じてみようよ。奇跡は確率が低くても起きるからそう呼ぶんだよ」

昔も聞いたことのある言葉だった。だけど……。

「信じることはやめたんだ。信じて信じて、だけど報われなかったらもっと悲しいから」

そんな思いをしてきた僕。もう二度とかなわない夢なんて見たくない。

碧が、

「それじゃあ、自分のためじゃなく誰かのために奇跡を願ってみたらどうかな」

なんて言うから戸惑う。

「私は悠希がオーロラが見られるように願っている。悠希は私のために願うの」

「お互いのためにオーロラを願うってこと？」

車のライトをつけてアクセルを踏んだ。

「悠希がオーロラを見たい理由は知らない。けど、きっと本気で見たいんだよね？だからお互いのために同盟を結びましょう」

自信満々に提案する碧に思わず笑ってしまう。

「ほんと、碧は変わってるね」

「悠希も同じだよ」

最初は正反対の性格だと思っていた。でも、知れば知るほどに僕たちはどこか似ている。だからこそ、僕は君に惹《ひ》かれたのかもしれない。

霧が出ているらしく薄白に漂う煙が車にぶつかりくだけていく。ようやくさっき見た街並みが広がる。

飲み物を買っていくことになりホテルの近くにあるコンビニに停車するが、中は真っ暗だ。さっきまで開いていたのに深夜は営業していないらしい。

交差点の向こうにある自販機へ行き、僕はお茶を、碧はビタミン系のホットドリンクを買った。

「カイロ代わりになるね」

頬にオレンジのキャップのペットボトルを当てている碧。

「じゃあ帰ろうか」

「悠希が好きなの」

……今、なんて言ったの？

固まる僕に碧はペットボトルを両手で持ち直した。

「悠希に好きな人がいることも知ってるよ。だけど、言いたかったから。これは熱のせいってことにするのは、ちょっとずるい作戦だね」

「………」

なにも言えないのはなぜだろう。僕も碧が好き。ずっと温めてきた思いのはずなのに、いざとなるとうなずけない。

僕はなんて臆病《おくびょう》なんだ。過去に起きた出来事を払拭《ふつしょく》するつもりでここに来たのに、まだその残像に苦しんでいる。

「もしもオーロラが見られたなら、少しだけ私の告白についても考えてほしいの」

「あ、うん……」

奇跡は起こらないことは知っている。とっくにあきらめた奇跡を信じられるなら、僕は前を向いて歩けるの？　こびりつく悲しみが視界から消えてくれる日は来るのだろうか……。

気がつくと碧が横断歩道を歩きだしていた。まだ熱があるせいかふらふらしている。

交差点。横断歩道。青く光る信号。

急に足元から込み上げる恐怖がたしかにあった。

「待って。止まって！」

追いかける僕を碧がふり返る。

「どうしたの？　青信号だよ」

必死で走る僕に君は笑っている。危ない、ひとりで歩いちゃいけない！

——カシャン

すぐ近くで金属音がした。

「あ……」

信号の青の点滅に浮かび上がっているのは、バックパックにつけていたキーホルダーだった。走ったはずみで取れてしまったらしい。

碧がそれを拾おうと手を伸ばす。君の髪が青色に輝いていた。

その時だった。急にあたりが昼間のように明るくなった。いつの間に現れたのか、すぐそばにヘッドライトのまぶしい光がある。黒い車体がまっすぐこちらに向かっている。

「危ない！」

叫びながら手を伸ばす。

碧に向かう光は強さを増し、まっすぐに彼女を襲おうとしている。

激しく騒ぐブレーキ音。

必死で手を伸ばす指先に君の手が触れる。

——もう、誰も壊したくない！

【第六章】思い出が重なる夜に

【ノルウェー】

11月10日（火）

ノルウェーには『赤ちゃんはスキーを履いて生まれてくる』ということわざがある、とルーカスに教えてもらった。

それくらい雪が多い地域ということらしいけれど、実際ここ数日、白色の景色ばかり見ている。

この旅で僕は願った。

もしもオーロラが見られたなら、これからも君を思い続けると。

けれど、緑色の光は見られないまま旅も終わりが近づいている。

あと数日でベルゲンの港に船は戻るそうだ。

事故が僕から君を引きはがしてから、どれくらい時間が過ぎたのだろう。

世界は真っ暗になり、自分を、そして周りを責めることでなんとか今日まで生きてきた。

今では、耳や感覚に残る君の面影を追うことだけが僕の生きがいになっている。

もういないことはわかっているのに、僕はやっぱり君がいないとダメなんだ。

どうか神様、僕のためにオーロラを見せてください。

これからも君を思い続ける力をください。


「そんなのないよ」

何杯目かのシャンペンを飲み干すとルーカスは突っ伏した。

屋上のデッキのはしっこの、風よけがあるテーブルで少し早いお別れ会をふたりでしているところ。

昨日ルーカスが持ってきたのと同じシャンペンジュースのボトルがふたりの間に置かれている。

「じゃあ、キミの彼女はそのアクシデントで死んでしまった。そういうことかい？」

返事の代わりにうなずくとルーカスの顔はふにゃっとゆがんだ。

「なんてことだ。ユーキ、悲しすぎる！　ああ、どれだけつらかっただろう」

ルーカスの目じりが濡《ぬ》れている。同じシャンペンを飲みながら、僕は首を小さく振った。

「それが、その時はよく分からなかったんだ。現実じゃないみたい、というか……体の電源が落ちたみたいな気分だった」

「ちょっと日本語難しい。どういう意味？」

「なんていうんだろう……。気がつくと時間だけが過ぎていたんだ。ぜんぶ夢だったみたいな感じ」

ある日目が覚めるとひとりぼっちになっていた。葬式も四十九日も終わっていて、同じような日常がはじまっていた。

彼女がこの世界から消えても時間は同じように流れ、その波に乗れずに家に閉じこもっていた日々。悪い夢なら早く覚めてほしいのに、朝を何度見送っても君に会うことはかなわなかった。

「ユーキ。キミはひとりじゃない。みんなキミの悲しみを分かっている」

涙を拭《ぬぐ》いながら言うルーカスに、

「……誰も分からないよ」

つい本音がこぼれてしまっていた。仮にも今日はお別れ会のはず。すぐに口を閉じようとしたけれど、一度放たれた言葉は、つながっているかのように次の言葉を発しようとする。

「誰も僕の気持ちなんて分からない。本気で分かろうとする人なんていない。僕の悲劇に泣いてくれたとしても、学校で友達の噂話に笑って夜になればテレビを見てゲラゲラ笑うんだ」

「ユーキ……」

「別に当たり前だと思う。人間なんてそんなものだし。本気で僕の悲しみに寄り添う人なんていないんだよ」

「そんなことない」

「あるよ。そんなことあるんだよ。みんな口にしないけれど僕を責めている。なんで守れなかったんだ、って。なんで、お前が彼女とつき合ったんだ、って。なんでお前が死ななかったんだ、って！」

　あっけなく涙がこぼれ落ちた。人前では泣かないようにしていたのに、蠢《うごめ》く感情をコントロールすることができない。

「彼女が死んだのは僕のせいなのに、こうやってのうのうと生きている自分が許せないんだよ……。あの時、僕も一緒に死んでしまえばよかったのに。それならこんなに苦しくないのに！」

　会いたい。ただ、彼女に会いたい。

君が死んだのは僕の責任なのに、自分勝手だって分かっている。それでも、どうしても君に会いたいんだ。こんなの理屈じゃないよ。

「ユーキは彼女と見られなかったオーロラを探しているの？」

　煙草に火をつけたルーカスが、雪の止んだ空に目をやった。

「彼女との約束だったから」

　ひどい鼻声で言うと、ルーカスは「そう」とつぶやいた。

「オーロラになにを願ったの？」

「もしもオーロラが見られたら、これからも彼女のことを思い続けようって……。見られなかったら、ちゃんと前を向いて生きてみようって」

「じゃあ、見られないほうがユーキは元気になれるってことだね」

　肩をすくめたルーカスに意思とは関係なく気持ちが言葉になる。

「あの日の事故で僕は彼女だけでなく、自分の心まで失った気がしているんだよ。だからせめてオーロラを見たい。これからも彼女を思う力がほしい」

「それには賛成できないね」

　あっさりと言ったルーカスが煙草を灰皿に押しつけた。紅《あか》い炎が暗闇に小さく生まれ、消えた。

「ユーキはもうボクのフレンドだから。フレンドの幸せを願うのは当たり前のことだからね。だとしたらオーロラは見えないほうがいい」

「ひどいこと言うね」

「ボクはキミに幸せになってほしいだけだよ」

照れそうなセリフでもルーカスが言うとサマになっている。少し体の力が抜けたような気がした。

「僕の幸せは、彼女のことを思うこと。他にはなんにもないんだよ」

「ふん」ルーカスは腕を組んで考えるポーズをした。

「それならしょうがないね。ボクもオーロラが出ることを願うよ。フレンドだからね」

「……うん」

黒い空はすごいスピードで雲を背後へ流していく。チラチラとオリオン座の姿も見えだしている。

けれど、どれだけ待ってもオーロラは現れない。

あの夜、君を失った時にも同じように空を見上げた。そっと右手を伸ばす。

この指があの時君をつかんでいたなら……

現実は残酷すぎる。僕の指先に触れることなく、君は連れて行かれてしまった。世界の果てにいる君には二度と会えない。

あの事故で僕の心も死んでしまったんだろうな。

【日本】

病室の扉を開けるのには相当な勇気が必要だった。扉に手をかけたまま、誰もいない廊下でひとり立ち尽くす。

足元から這《は》い上がってくるのは寒さじゃなく恐怖。さっきの事故の光景が脳裏にフラッシュバックをくり返しているみたい。

横断歩道の白に転がるキーホルダー。まぶしく光る交差点。大きなブレーキ音。転がる世界が暗転する——。

「……しっかりしろ」

何度も深呼吸をしてからそっと扉を引く。

そこに碧がいた。文字通り目の前にいたのだ。

ベッドに横になっていると思ったのに、彼女はすでにコートを着込んでいるところだった。

「なにしてるの？」

「おはよう。もうホテルに戻らなきゃ」

なんて、いつもと変わらない様子に肩の力が抜けると同時に、

「なに言ってるの。寝てないとダメだよ」

と少しイラついた。そんな僕に構うことなく碧はリュックを肩にかける。

「ちゃんと挨拶《あいさつ》してよね」

「いや、そうじゃなくてさ——」

「約束したでしょ。まだ暗いけど一応は朝なんだから」

「聞いてよ」

「おはよう」

「それどころじゃないだろ！」

お腹からこみ上げたいら立ちが一気に爆発した。

「事故に遭ったんだよ。なんで平気な顔をしてられるの⁉」

思わず出た強い口調に自分でも驚くとともに、その場に崩れそうなほどの脱力感が襲ってくる。

気づくと壁に手をついていた。あの瞬間を思い出すと、今でも背筋がゾッとする。気持ちを落ち着かせるために呼吸を整えていると、碧の靴先が近づくのが見えた。

「悠希が助けてくれたんだもんね。本当にありがとう」

マフラーを首に巻く碧が頭を下げる。

車がぶつかる寸前で碧の腕を引っ張ったが、そのまま派手にふたりして転んだのだ。

僕は膝《ひざ》の擦り傷、碧は右手の打撲とのことだった。

　手当をしてもらっている間も、ずっと碧が気になって仕方なかった。救急室の看護師は『打撲だから大丈夫よ』と言ってくれたけれど、会うまでは不安しかなかった。

「ちゃんと検査をしよう。ひょっとしたら気づかないうちに頭を打っていたかもしれないし」

「打ってないから大丈夫」

「それでもダメ。検査をしないと……」

　声が続かないのは涙があふれてきたから。好きな人の前で泣いたりなんかしたくないのに、視界がぼやけてしまう。

　それは過去の映像と重なるからだと知っている。これまでも交差点に行くたびに思い出し、すぐに中断していた悲劇。

「碧を失いたくないんだよ」

　なんとか声を絞り出すと、

「……分かった。ちゃんと検査する」

　大人しく碧はベッドに腰をおろしてくれた。

　朝焼けの空が四角い窓の向こうに見えた。夕焼けのような赤だけど、秒ごとに世界は明るくなっていく。碧がその光を探すように目を細めた。

「本当はね……すごく怖かった。気がついたら目の前に車があって、死ぬんじゃないかって思ったの」

隣に腰かけてその手を握るのに勇気はいらない。小さな手は昨日より熱くなかった。

「悠希。本当にありがとう。わがまま言ってごめん」

「僕も、大きな声出してごめん。それから、おはよう」

ふふ、と口の中で笑う碧が僕の目元を指さした。

「メガネかけてるところはじめて見た」

「コンタクトが片方どっかいっちゃったみたいでさ。これは非常用。三年ぶりにメガネをかけたよ」

「たしかに非常時だね」

うなずいてから碧は「あ」と短く言った。

「運転手の人の具合はどう？　大けがとかしていない？」

自分を殺そうとした相手を気遣えるなんて、本当にやさしい人なんだな。自分のことで精いっぱいな僕とはまるで違う。

「胸をひどく打ったらしいけど、命に別状はないみたい。すごく謝ってたよ」

「そう、よかった……」

さらさらと朝の光が病室に降っている。今日もいい天気になりそうだ。

「今日はオーロラが見られるといいね」

そう言う僕に、碧はうれしそうに笑った。


天文台に着くころには日はすっかり暮れていた。

検査に時間がかかったことと、警察の事情聴取、さらには疲れからの爆睡で夕飯後の出発になってしまったのだ。

睡眠をとったおかげで碧の熱も下がった様子で安心した。

天文台は夜の八時というのにまだ営業中らしく、建物の周りにはほのかに照明がともされている。昨日は気づかなかったけれど、奥にドーム型の建物があり、そこから星を観察できるようだった。

空を見上げると、厚い雲が上空を覆っている。昼過ぎから崩れ出した天気は、今にもこの町に雪を降らせそう。

これではオーロラを見ることはできない。悪い予感を口にしないようにうつむき加減で自動ドアの中に入った。

「もう具合は大丈夫？」

尋ねる僕の背中を碧がトンと軽く押した。

「これで今日六回目の同じ質問。すっかり元気だから安心して」

「少しでも調子がおかしかったら言ってよ」

分かったと言う代わりに碧は口角を上げてみせると歩き出す。

入場料を払い中に入ると、オーロラの写真が壁沿いにいくつも飾ってある。杉浦教授が教えてくれたオーロラが発生する仕組みも、説明のパネルが図入りで展示してあった。

他には誰もいない天文台は静かで、僕たちはそれに合わせるようにぽつりぽつりと話しながら見て回った。

「今日はもう、観望室の望遠鏡は見られないんですよ」

係員の女性が申し訳なさそうに言った。

「観望室ですか？」

「大型の望遠鏡が設置されている部屋のことです。そこだけは閉めてしまいまして……」

そうだろうなと思った。それにこの天気じゃ星も見えない。

「分かりました」

うなずく僕が哀れに思えたのか、

「明日の夜までこちらにおられますか？」

と尋ねたのでうなずく。

「それでしたら明日の夜、ぜひお越しください。快晴の予報ですし、きっと素敵な星空がご覧いただけますよ」

にっこり笑った女性が、ふと顔を曇らせたかと思うと「でも……」と小声でつぶやく。

「どうかしましたか？」

首をひねってなにやらブツブツ言っていた女性がハッと顔を上げた。

「あ、いえ。望遠鏡の担当は坂根《さかね》という者なんですが、ちょっと気まぐれなところがありまして……。急に観望室を閉めちゃうことがあるんですよ」

「はぁ……」

碧と顔を見合わせる。

「でも大丈夫。その場合は館長が責任を持って望遠鏡を操作しますから。それより時間がないのでどうぞ館内をご覧ください」

押し出されるように展示スペースへ行く。

やはり噂通り、陸別町でオーロラが観測されたことを示す写真たち。そのどれもが赤色のオーロラだったけれど、そのことには触れずに僕たちは天文台を出た。

車に向かって歩いていく途中、碧がふと足を止めて空を指さした。

「見て、あそこに星が見える」

「え、どこ？」

「もっと上の方だよ。何ていう名前の星かなぁ」

雲の切れ間からひとつだけ輝く星が見えていた。

「星が見えているってことは、完全な悪天候じゃないよね。だんだん晴れてくれるといいな」

碧はいつだって希望を捨てない。曇り空に落ち込んでいる僕と違い、あんな少しの隙間からも前向きになれる材料を見つけるんだ。

それは強さなのだろうか。

もっと碧のことを知りたいと思う。それは『好き』という言葉だけでは解決できない気がする。

自分のことで精いっぱい。この言葉は他者から自分を守るための常套句《じょうとうく》だった。今思えば、キャパシティの狭さを露呈していただけ。

そんな僕に芽生えた新しい感情が少しずつ育っている気がした。

「ねえ悠希、きっとオーロラは見られるよ」

長い髪が夜に溶けるように踊っている。いつだって自信満々に未来を予言する碧と、過去を気にしてばかりの僕。正反対のようで実は似ている僕たちが出会い、こうして旅をしていることに意味はあるはず。

横顔をちゃんと見つめた。まだ笑っているけれど、いつもと違う気がする。君の笑顔は本当に心からのものなの？

「聞きたいことがあるんだ」

そう言う僕に、碧は空に向けていた指先を置き去りにされていた車に向けた。

「寒いから車の中でいい？」

車に戻りエンジンをかけた。エアコンをつけるとすぐに通気口からの暖かい空気が室内を満たす。

マイナスな自分の感情のフィルターを通さずに、碧のことだけを考えると聞きたいことはたくさんあった。

口を開く前に、碧が「あ」と先に言った。

そのまま上着を探るとピンクのケースに入ったスマホを取り出す。サイレントモードらしく、ＬＥＤが激しく点滅をくり返している。

「紗矢から電話。出てもいい？」

「あ、うん」

スピーカーホンのボタンを押したらしく、

『こんばんは、元気？』

紗矢の声が聞こえた。さすが長年の親友、挨拶《あいさつ》を忘れない。

「こんばんは。元気かどうか知りたいのは私の方だよ。今日は全然メッセージ返してくれなかったじゃん」

不平そうな碧に、紗矢は『まあね』なんてあっさり答えている。

『あたしはすっかり元気。といってもまだ本調子じゃないの。鼻水が止まらないんだよ』

「大学は行けてるの？」

『今日の午後から行ってるよ。そっちはどうなの？　寒い？』

「ものすごく寒いよ。あとね、車にはねられそうになったんだよ」

気候のあとにする話じゃないと思う。案の定、紗矢が悲鳴のような声を出した。

『ちょっとなにそれ。なんでそんな危ない目に遭うわけ？　あのバカはなにしてたのよ⁉』

あのバカ、とは僕のことで間違いないだろう。碧が声に出して笑う。

「ひどい言い方しないで。車に轢《ひ》かれる寸前で助けてもらったんだから。あと、これスピーカーホンだからね。悠希、隣にいるよ」

『げっ。そういうことは先に言ってよ』

スマホを向けてくる碧に曖昧《あいまい》な笑みを浮かべる。でも、ふたりが元のような関係に戻れてよかった。

　いや、見た目は一緒でも今後は微妙に変わっていくのだろうな。

「バカで悪かったね」

『別にあんたのことを言ってるわけじゃないでしょ。自意識過剰なんだよ』

　僕との関係は変わらないらしい。慣れたせいか前ほど気にならない。

「どう考えても僕のことだろ。そっちこそ大学で風邪をまき散らすのは良くないと思うけど」

『治ったの。鼻水は置き土産みたいなものなんだから。ん？　あ、ちょっと待って』

　そばにいる誰かと話をしているのか、しばらくざわざわとした音が耳に届いた。どこかの店にいるらしく、いろんな人の話し声や笑い声が聞こえた。

『スピーカーにするよ』

　紗矢の声に続き、店内のざわめき音が大きくなった。

『よお』

　急に男性の声がしたので驚きのあまり絶句する。

「え？」

『親友の声を忘れるなんて、もう旅行ボケかよ』

「……くに？　ていうか、旅行ボケなんて言葉はない」

『俺が今作ったんだよ。今年の流行語に入るかもよ』

邦俊の声に続いて紗矢の笑う声がした。隣の碧もきょとんとした顔をしている。

「なんでふたりが一緒にいるわけ？」

僕の質問に答えたのは、

『あんたには関係ない』

手厳しい紗矢だった。碧がスマホを手元に戻すと、まるでビデオ通話のように画面をにらんだ。

「こら、紗矢。そういう言い方は悠希に失礼でしょう」

『はーい。てか、呼び捨てで呼んでる！　なにその急展開』

『悠希もやるなぁ』

茶化す邦俊の声に『分かった！』と紗矢が言った。

『オーロラが見られたとか？　それで急接近したんだよ』

『オーロラ？　そんなの日本で見られるわけないだろ』

『杉浦教授が言ってたでしょ。って、邦俊くんは聞いてないか。寝てばっかだもんね』

『うるせー。あ、そう言えば悠希、こいつの苗字《みょうじ》知ってる？』

突如言い出した邦俊に、

『言わない約束したよね!?　邦俊くんサイテー！』

紗矢がわめいている。

『最低ってなんだよ。言わないつもりだったけど言ってやるからな。こいつの苗字、綾小路《あやのこうじ》っていうんだって』

『言うなぁぁぁぁ！』

漫才みたいな掛け合いが続いているのを碧は目をカーブにして聞いている。

ようやく落ち着いた紗矢が、

『で、オーロラは見られたの？』

と息を整えながら尋ねた。

「まだ見てないよ。でも、今夜か明日の夜には見られる。信じていれば見られるんだよ」

自然に僕はそう答えていた。

『俺は信じないね。ノルウェーとかでも毎日は見られないんだぜ。そんな数日で出るわけない。それこそ奇跡じゃん』

引かない邦俊に、

『もう邦俊くんは飲み過ぎ。こんな酒癖悪いとは思わなかった』

なんて紗矢が嘆いている。

「ふたりで飲みに行ってるの？」

碧が聞くと『まあね』と紗矢はさっきと同じセリフで返す。

『邦俊くんがテスト対策を教えてくれってしつこいんだよ。普通下級生に聞く？　んで、そのお礼ってとこ。それより、碧、本当に事故は大丈夫だったの？』

『事故？　え、事故に遭ったのか？』

さっきの会話を聞いていなかった邦俊の声がした。さっきよりトーンがいくつも下がった声だった。

「大丈夫。交差点でね、車が急に突っ込んできたの。間一髪のところで悠希が助けてくれたの」

『おい悠希、どういうことだよ!?』

切迫した声で叫ぶ邦俊に、

「なんでもないよ。ふたりとも無事だから。それよりもう切るよ」

碧に確認するように答えると、戸惑いながらうなずいている。

『待てよ。お前、事故って……』

「また戻ったら話すよ。そろそろオーロラが出るかもしれないから。またね」

一方的に言い電話の終了ボタンを押した。すぐにバックライトが消える。

光と音の消えた世界はなんだか急にさみしい。

碧がフロントガラスに顔を近づけ暗い空を見上げる。

「聞きたいことはあるんだけど」

自分の声がやけに大きく聞こえた。

「うむ、なにかね？」

視線はそのままに冗談っぽく答えた碧に僕は軽く息を吐いた。

――お父さんが亡くなっていること
――オーロラが見られると信じていること
――なぜ告白をしてくれたのかということ
たくさんの質問は頭に浮かんでいるというのに、

「どんなことでもいい、碧のことを……碧が考えていること、思っていることを知りたい」

口から出た質問は曖昧すぎて自分でも情けなくなる。そもそも、碧が僕を好きだと言ってくれたことすら、本当のことだったのか自信がない。

ペットボトルのお茶はすっかり冷えているだろうに、碧はそれをカイロみたいに両手で持ち目線を下げた。

「たとえば？」

「そうだね……。挨拶《あいさつ》にこだわるよね？　あと約束も。それはいつから？」

「核心」

「え？」

「ううん。いきなり核心をつく質問だな、って。ちょっと驚いちゃった」

さみしそうに笑う。僕がさみしくさせている。

「嫌ならいいんだよ。ただの質問から」

さっきから僕を見ずに碧は手元に視線を合わせている。場の空気が変わっていくのを感じながら、

「違う。やっぱり知りたい」

素直な感情を言葉にした。碧は軽くうなずくと肩で息をついた。

「この話、紗矢にしかしたことないの。だからうまく話せるか分からない。でも、聞いてくれる？」

悲しい話だと直感した。それでも碧のことを知りたい欲求はどんどん増していく。

鼻から息を吸った碧が、

「お父さんのこと、紗矢から聞いたんだよね？」

そう尋ねた。紗矢が僕に言ってしまったことを伝えたのだろう。

「亡くなったって聞いたよ」

「私が高校一年生の時だったの」

「そうなんだ。大変だったね」

どんな言葉も死を前にしては軽く聞こえてしまう。それでもなにか言わずにはいられなかった。碧は眠るように静かに目を閉じた。

「お父さんは昔からやさしくておしゃべりな人だった。小さいころから私を見つけると『なにやってるんだ？』『今日はどんな一日だった？』とかずっと話しかけてくるの。お母さんがどちらかと言うと寡黙な人だから、まるっきり逆のイメージなんだよね」

幼い碧と顔も知らない父親が話している光景を思い浮かべた。

「昔はそれでよかった。だけど、だんだん大きくなるにつれて私が……」

苦しそうに顔をゆがめた碧が息を吐き出す。

「私がお父さんを避けるようになったの。今はすごく後悔している。なんであんなに嫌っちゃったのか分からないくらい」

「そういう時は僕にもあった。反抗期って言葉では片づけられないくらい不安定な感情になるよね」

「明確に区切れる期間じゃなくて、気づいたらって感じだった。それまで大好きだった自分の名前まで嫌いになって、それを口にしたりもした。自分自身も家族のことも、空も庭に生えている草花もぜんぶ嫌いになった」

早口になった碧は、今、心の内を言葉にしている。

名前が嫌いだったというのはその時期のことだったんだ……。

「でもね、うちではお父さんとした約束があったの」

そう言ってから碧はやっと僕に視線を合わせてくれた。その瞳《ひとみ》は悲しみに満ちていて、いつものポジティブな碧とはまるで違う。

「約束の内容は、『なにがあっても朝の挨拶はしっかりとする』ってこと。お父さんを避けていた時も、大嫌いだった時期も、起きて顔を合わせると挨拶だけはしてた。まぁ、そっけなかったとは思うけど」

「約束……」

「そう、約束。だからどんなにモヤモヤしていても『おはよう』だけは毎回言うようにしていた」

そう言う碧の声は少し震えている。

「私が高校一年生の冬ね、朝からお母さんに叱られた。理由は覚えていない。思い出せない」

「うん」

「お父さんが仲裁してくれて、その時に『おはよう』って言われた。けど、私……それを無視したの」

暗い車内で何かが光った。それは建物から洩《も》れる照明を反射して光る彼女の涙。僕は、目を逸《そ》らせうなずくしかできない。

「夜になってもお父さんがいつもの時間に帰ってこなかった。お母さんは心配していたけれど、私は気にしていなかった。電話、そう……家の電話が鳴ったの」

洟《はな》をすする碧になにか言葉をかけてあげたかった。けれどどこを探しても適切な言葉が見つからない。

「電話に出たのは私。相手は病院の事務の人で、お父さんが帰り道で倒れたって。すごく、すごく事務的に説明していた。お母さんに電話を替わったところまでは覚えてる。でも、そのあとはもう覚えていない」

「……分かった。もうこれ以上いいよ」

けれど碧は首を横に振る。

「気がついたら病院にいた。心筋梗塞《しんきんこうそく》っていう病気だって誰かが言っていた。朝はたしかにいたのに夜にはもういなかった。お母さんはすごく泣いていて、だけど私は意味が分からなかった」

「碧」

「一瞬でお父さんはいなくなっちゃった。私、思ったの。私が約束を守らなかったからだ、って。ちゃんと挨拶をしなかったから罰が当たったんだ。だからお父さんは、お父さんは……」

泣き崩れる碧を僕は抱きしめていた。

「大丈夫だよ。お父さんはそんなふうには思ってないよ」

「そんなの誰にも分からないよ。約束を破ったのは本当のことだもん」

胸の中で嗚咽《おえつ》を漏らす碧。約束にこだわる裏に、そんな悲しい事実があったなんて知らなかった。

彼女もまた過去に捕らわれている。僕たちは、やっぱり似ていたんだ。慰めの言葉はどんなに心を込めても相手には届かない。同じ経験をしたからこそ、違う言葉を彼女に贈りたい。

「碧はすごいよ」

「……なんで？」

「だって、そんなに悲しいことがあったのに、いつも前向きだから。不可能を可能にしようとしてくれる」

「…………」

「約束が大事だと知っているからだよね。いつだって碧は相手のためになにかをしてあげたいって思っているし、願っている。僕にはその強さがないから、本当にすごいと思うよ」

少し体を離すと、碧はすねた顔で髪を直した。

「すごくないし強くない。自分の弱さを隠すために他人のことばっかり気にしているだけ。紗矢にいつも注意されているもん」

「紗矢さんは碧をいちばん理解しているからね」

「ずっと……。もうずっと助けてもらってばかりなんだ」

うなずく瞳からまた涙が頬を伝った。

僕にできることはなんだろう？　誰かのために僕ができること……。

「碧のお父さんが亡くなったのは絶対に碧のせいなんかじゃない」

「だからそれは――」

顔を覗《のぞ》き込み僕は言う。

「絶対に違う。僕が約束をするから。約束は絶対なんだよね？」

きょとんとした碧。そして、少し笑ってくれた。

「じゃあその約束を信じる。……ありがとう」

今はまだ無理した笑顔でもいい。きっといつか、僕が本当の笑顔に変えてみせる。お腹の中に小さな勇気が生まれるのを感じた。

ティッシュで涙を拭《ぬぐ》っている碧がふいに見えなくなった。建物の照明が落とされたようだ。

世界は闇に包まれたように暗くなり、まるで車ごと宙に浮いているみたいだ。こういう感覚、昔も経験したことがある。ナビ画面をつけると逆にまぶしささえ覚えた。

「私も質問していい？」

「いいよ」

　過去に思いを馳《は》せながら答える。

「私が最初に声をかけた時ね、本当はオーロラに興味があったわけじゃなかったの。やっぱり思い出すと苦しかったし、なるべく考えないようにしていたから」

　紗矢が言っていたこと。やはり本当のことだったんだ。

「だけど必死になって杉浦教授にお願いをしている悠希を見ていたら、つい声をかけちゃったの」

「ナンパみたいだね」

「そう、ナンパ」

　クスクス笑う碧が少し間を取ってから続ける。

「でも、あの日はじめて悠希を見たわけじゃないんだ。ほんとはね、ずっと前から悠希のこと知ってた。といっても会話は交わしたことないけど」

「え、どこで？」

　そんなはずはないと思うと同時に違和感がもやっと生まれる。まさか……いや、でも気づかないはずがない……。戸惑う僕に碧はおかしそうに笑う。

「いつだって悠希は周りのことなんて眼中にないみたいだった。淡々と作業をこなしているだけ。だから声をかけちゃいけない気がしたの」

ぼやけている記憶が輪郭を濃くしていく。あれは……。

「雪見だいふく」

ぽろりとこぼれた自分の言葉を自分で疑う。

「コンビニの？　え、あの客はやっぱり碧だったってこと？　いつから？」

答える代わりに碧は小さく拍手を返してくれた。

なんてことだ。『雪見だいふく』の客はやっぱり碧だったんだ。

「最近は寒いからあんまり買わなくなったけど、授業の帰りにたまに買いに行ってたんだよ。教室で会った時もすぐに分かったし、杉浦教授に熱心にオーロラのことを尋ねている姿がコンビニでの姿とあまりに違ったから気になっちゃったの。ううん、あの日から意識していたんだと思う」

「そうだったんだ……。知り合ったあとなら声をかけてくれればよかったのに」

「あんな不機嫌な顔じゃ無理に決まってる。だから教室で話ができた時、すごくうれしかった」

本当にうれしそうに言う碧。こんなことってあるんだ。運命というのは大げさだし、きっかけを碧が作ってくれたことに変わりはない。

「でも不思議だった。話をしているうちにね、ずっと避けていたお父さんとのことを考えられるようになったの。そしてオーロラを見たいって思えた。それは悠希のおかげだよ」

僕たちは似ているから。同じような悲しみを抱える相手を鏡にして自分を映しているのかもしれない。

「悠希も忘れられない人がいるのでしょう？」

僕を見つめる碧の瞳《ひとみ》が過去の残像と重なる。

「いないよ」

とっさに口にしてから、

「……ごめん。違う。嘘」

単語を並べて告白をした。自分の過去を話してくれた碧に嘘をつくのは間違っている。

「高校生の時つき合っていた人がいたんだ。だけど、ある日突然亡くなった」

「うん。邦俊くんから聞いたよ」

「あいつ、本当におしゃべりなんだから」

「詳しくは知らないよ。聞いちゃいけない気がしたし」

碧は僕の苦しみを理解しようとしてくれたからこそ話しかけてくれたんだ。

「全然説得力ないけど、私、今すごく気持ちが軽いの。悠希に話ができてよかった。だから、悠希の話、聞かせてほしい」

ふいにあの町の交差点が頭にぼんやりと浮かんだ。昨夜の事故の交差点とは似ても似つかないのに、蓋《ふた》をしたはずの記憶の箱がガタガタと動いている。

僕ができることは過去から目を逸《そ》らすことじゃない。自分に言い聞かせると、ずっと思い出さないようにして来た彼女の顔がくっきりと浮かんだ。

「もう五年も前のことだよ。だけど、つい最近のことのように痛い」

知らずに両手を握り合わせていた。

「高校二年生の修学旅行で北海道に来たんだ。その時に交通事故に遭ったんだ」

「……そうなんだ。知らなかった。だから昨日の事故の時——」

「必死だったよ。碧まで失うかと思うと怖かった」

いつだって悲しみは伝染する。碧の表情が曇り、ため息が声になる。

これまで過去の話はしてこなかった。それは邦俊にも同じこと。けど、あいつには全部分かっていたんだろうな。

いつだって僕を気遣ってくれていたのに、いつしか当たり前になっていたんだ。ひょっとしたら僕を心配して同じ大学を選んでくれたのかもしれない。

「どんな彼女だったの？」

碧の質問にあの会話が思い出される。

「彼女はオーロラが好きだった。僕にはピンとこなかったけれど、『いつかオーロラを見に行きたい』って口癖のように言ってたんだ。初対面の時だって、『いつか、ノルウェーにオーロラを見に行こうね』なんて言われたんだ。だから、碧に最初同じようなことを言われた時は驚いたよ」

そう言ってから曇った窓ガラスを指でなぞった。雫《しずく》になった粒が涙のようにガラスを伝っていった。

彼女の顔を思い出せば苦しいだけ。分かっているのに、消えないように忘れないように痛みに耐えて思い出してしまっていた。

「忘れようと思ったよ。時間とともに忘れられるって周りも言ってくれた。だけどそんなの迷信だった」

「うん。私も同じ」

あきらめたような顔で言う碧に僕はうなずいた。

「前に進んでいるつもりが全然うまくいかなくて、同じところでグルグル回っている感じだった。高校もだんだん行けなくなって、環境を変えるために今の大学に進んでもそれは同じだったんだ」

モーター音が低く夜を震わせているようだ。僕は今、忘れるために蓋をした箱を開けようと思う。

「碧に内緒にしていたことがあるんだ」

「え、なに？」

眉《まゆ》をひそめた碧。

「忘れるための努力をしたことがあるんだ。結局は失敗だったけど」

「え……。それってどういうこと？」

不思議そうに尋ねる碧に僕はあの冬の日を思い出す。

「実は、オーロラを見に行ったことがあるんだよ」

ハッとした顔をした碧に重なったのは陽気な外国人ガイド。彼の性格はどこか碧に似ている。いつも楽しそうで、行動は突然で予想がつかなかった。

そっか……。僕が心を許せた人たちは、みんなそんな性格の人ばかりだ。

「じゃあ悠希はオーロラを見たことがあるんだ？」

「ううん。結局は見られなかったんだ」

「いつのことなの？　外国に行ったの？」

身を乗り出して尋ねる碧はまるで子供のように目をキラキラさせていた。

「大学一年生の時のこと。北欧にあるノルウェーにひとり旅をしたんだ」

窓越しに夜空を見上げた。

そうして僕は、三年前にした旅の日々を話し出す。

【第七章】君との約束

【ノルウェー】

11月12日（木）

旅の終わり。再度北極線を越えて、船は元来たルートを戻っていく。

デッキに出るたびに、フィヨルドの風景から白色が減っていくのが分かる。

だんだんと気温が上がっているみたい。

結局、今日のオーロラチャンスもかなわなかった。

夜中まで粘ったけれど、曇り空では月の光も見えないほどだった。

荷物をトランクに詰めながら眠くなるのを待っている。

明日の朝には旅が終わる。

ベルゲン港につくころには空は白み出していた。遠くに見える山の際がオレンジに光り出し、空の黒色を薄めていく。

タラップを降りてもまだ、海の上にいるみたいに体が揺れの余韻を感じてしまう。

駐車場に停めていたルーカスの車に乗り込み空港を目指す。朝焼けは町に色を戻し、今日は快晴の天気になりそう。昨日までの不安定な空模様が嘘みたいだ。

やたら騒がしいエンジン音のなか、ルーカスはさっきから無口だ。流れる景色に目をやりながら僕もまた会話を探せずにいた。

バックパックには冷たいキーホルダーが揺れている。十日間の旅行なのに、どこかにぶつけたのか国旗の赤色が少し剝《は》げてしまっていた。

空港につくとルーカスがトランクを運んでくれた。時間が早いせいか空《す》いている搭乗手続きを済ませると、いよいよルーカスと別れの時。

「ルーカス、いろいろありがとう」

そう言うとルーカスは両ポケットに手を突っ込んだまま肩をすくめる。今日はシャツもシワになっていないし、オールバックもしっかりと決まっている。

「日本までは遠いね。気をつけて」

「うん」

「それから、ごめんね」

鼻の頭をかいて言葉を落とすルーカス。なにに謝っているのか分からずに眉をひそめる。

「オーロラを見せてあげたかった。ボク、ちゃんとユーキが幸せになれるように願ったよ。それは嘘じゃない」

「分かってる。こればっかりは天気次第だしね。それにルーカスは嘘はつかない」

「そうだよ」

　いつもの勢いもなくルーカスはまた目を伏せた。

「ユーキはこれで彼女のこと忘れられるの？」

　オーロラが出たら、彼女を思い続けようと決めていた。賭《か》けに負けたからには彼女を過去にしなくてはいけない。

「うーん、どうだろう」

「ボクとユーキはもうフレンドだ。だからユーキが選んだ答えをボクは応援する。ベルゲン人は嘘つかないよ」

「ありがとう」

　そう言うとようやくルーカスは笑みを浮かべ右手を出してきた。大きな手を握り返しながら、すうと息を吸った。

「でもさ、ルーカス。君は少しだけ嘘つきだよ」

「そんなことない。ボクはけっして遅刻はしない」

「そうじゃなくってさ、シャンペンのこと」

手を離す僕に「シャンペン？」とルーカスは首をかしげた。

「何度かシャンペンをごちそうになったよね。あれって、ルーカスはシャンペンジュースって言ってたけれど本当はお酒。飲むと体がやたら熱くなったし、考えられないくらいおしゃべりになっていたし」

だからこそ、彼女との話をルーカスにできたのもまた事実だろう。クレームを言いたいわけじゃなく、気づいていたことを伝えたかった。

ルーカスは「ああ」と納得したようにうなずく。

「シャンペンはジュースみたいなものだからお酒じゃないよ。ボクの言うお酒はウォッカとかのことね。だから勤務中はシャンペンしか飲んでいない。ほら、嘘じゃないよ」

「どういう理屈なのさ。僕はお酒が飲めないって言ってたでしょ」

文句を言う僕にルーカスはわざとらしくため息をついて両腕を組んだ。

「ユーキ、大人の男として、いやフレンドとして君に宿題を出そう。酒くらい飲めるようにならないとダメよ」

「前から思ってたけど、ルーカスは僕のことを勘違いしていると思うんだ」

ルーカスは僕を見てニヤッと笑った。

「してないよ。ユーキはボクより少し年下のグラスマン」

「グラスマン？」

「メガネ男ってこと。みんな日本人は珍しいからそうあだ名をつけている。もっと言えば、車の運転もできないし煙草もダメでお酒も飲めない。シャンペンくらいは飲めるようにならなきゃ」

　ニヒヒといたずらっ子のように笑うルーカスに僕はため息で答える。

「少し年下じゃない。ずいぶん年下だよ。それに日本ではまだお酒も煙草もたしなめないんだ。なんたって未成年だからね」

「ミセーネン？」

「十九歳。僕は十九歳の大学一年生なんだよ。ルーカスとは八歳も違うんだって」

「そんなはずない。ユーキ、嘘はよくないね」

　鼻で笑ったルーカスに僕は大学の学生証を見せた。入学したものの、ほとんど大学には行けていないから新品そのもの。

　このままじゃいけないな、と思った。戻ったらきちんと大学にも通おう。なんならバイトをはじめるのもいいかもしれない。

　生年月日の欄を確認したのだろう、ルーカスの目が大きく見開かれた。

「そんな……。なんで？　じゃあ、キミはグラスマンじゃなくてグラスボーイだったのか！」

　映画でよく聞く『オーマイガッ』を口にしてからルーカスはうなだれた。

「ごめんよユーキ。だってキミはとっても年を取って見えたから」

「それってフォローになってないんですけど。でもいいよ、貴重な体験をたくさんさせてもらったし」

　まだ混乱しているのか、ルーカスはあごに手を当てて「あれ？」とつぶやいて首をかしげる。

「ユーキの彼女が死んだのはいつなの？」

「もう二年が経つんだ。高校二年生の修学旅行で北海道に行ったんだよ。自由時間にふたりで抜け出した。その時に事故に遭ってね……」

　冬の北海道で僕たちはオーロラを探した。見られるかもしれないという期待だけで歩き続けた。君とふたりきりの冒険旅行は楽しくて、一生の思い出になるだろうと疑わなかった。

　まさか、一生残る心の傷を抱えることになるなんて思いもしなかった。

「あの日からずっと時間は止まっていたんだ。高校を卒業しても大学に入っても、うまく世界に溶け込めないままだった」

「だけど、ノルウェーに来てくれた」

「うん。不思議だけど、オーロラを見に行きたいって思えたんだ。だから、この旅には意味があったと思う」

「ボクが言ったとおりね」

「たしかに。まあ、オーロラは見られなかったけどね」

そう言って手を差し出すと、ルーカスは大きな手で握ってくれた。

「ユーキ、また会おう」

「いつかまた来るよ」

手を離して軽く手を振って荷物検査の列に並ぶ。笑顔のルーカスの鼻が赤くなっている。あと少しで泣きそうなのが伝わってくる。

最後までにこやかに笑いながら僕たちはさようならをした。笑顔で誰かとお別れをするのは久しぶりだ。

続いて出国審査の列に並ぶ。

結局最後までオーロラは見られないままだった。もしも見られたら、これからも君のことを思い続けると決めていた。

けれど、それすらもかなわないまま、僕の旅は終わろうとしている。いつか前向きな自分になれる日が来たなら、今度こそ誰かのためにオーロラを見るよ。

本当のオーロラは見えなかった。だけど、この国に来ることで僕は少しだけ変われたと思う。

親や友達、周りの人のやさしさ、そしてノルウェーの大自然とルーカス。真っ暗だった世界に小さなともしびが灯《とも》っている。

いや、もともとあったのに僕が目を向けなかっただけなんだ。それこそが僕の探していたオーロラなのかもしれない。

たくさんの光を大切にして、僕なりに少しずつこの世界を歩いていくよ。

きっと弱い僕のことだから、今日の決意もまた揺らぐかもしれない。それでも君のことを思い出すときやさしさであふれるよう、苦しみから目を逸《そ》らさないようにがんばってみる。

その日まで、どうか見守っていてほしい。

ありがとう、そしてさようなら。僕の大切な君。

【日本】

朝から荷物をまとめるのに一苦労。今夜は徹夜覚悟だから、今のうちに帰り支度をしないといけない。

ふと、バックパックが手に触れた。見るとバックパックのチャックにつけていたキーホルダーがない。あの事故の時に外れて、それからどこへ行ったのだろう。

しばらく考え、それからベッドに腰をおろした。

もう僕には必要ない。そういうことなのかも……なんて、考えすぎだよね。

あんなに強く記憶に刻まれていた恋を過去にした僕を、君はどう思っているのだろう。

喜んでいる？　それとも悲しんでいるのかな。

君ならきっと笑顔で僕を見送ってくれているのかも。そういうやさしい人だったから。

いや、やきもち焼きなところもあったから拗《す》ねている可能性だってある。

「ふ……」

君のことを思い笑顔になる日が来るとは思わなかった。それは碧と出会ったからだ。碧が僕を救ったように、僕にもできることがあるのかもしれない。

ふと、頭に浮かんだ顔があった。スマホを手に取り、着信履歴からその人の名前を探してプッシュする。考えるとやめてしまいそうで勢いにまかせスマホを耳に当てた。

コールが三回鳴ったあと、

『もしもし』

いつもの三澤さんの低音が耳に届く。

「お疲れ様です。市橋です」

『ああ、市橋くん。君からかけてくるなんて驚いた。ちょうど今家に帰ってきたところだよ』

　夜勤明けでこれから寝るところなのだろう。声がぼやけて聞こえた。

　三澤さんもまた悲しい恋をしている。葉子さんから店を引き継ぐのも、きっとその思いが影響しているのだろう。

『もう旅行は終わったの？』

「まだ北海道です。明日の朝の便で戻る予定でいます」

『そうか。こっちはバタバタしていて大変だよ。旅行が終わったら助けてくれよな』

「もちろんです。それで、あの……」

『葉子さんから聞いて電話してくれたんだろ？』

　僕が電話した理由を知っていたみたいにやわらかくなる声。

「電話で伺いました。本当に三澤さん、お店を引き継ぐんですか？」

『閉めてしまうのはあまりにももったいないからね。店の奥に、ばかでかい空き地があるだろ。そこが学生寮になるんだって。この数日で基盤工事まで終わってたよ』

「そうなんですね。でも、それでいいんですか？」

　前に葉子さんにもした質問だ。あの時の葉子さんは迷っていたけれど、自らを不幸だと認めていた。好きな人がいなくなった店をひとりでやっていくなんて、それは幸せなのだろうか。

『いいに決まってる。学生寮といってもアパートが三つも建つんだ。うちも大流行《はや》りだし、なによりバイトもそこから雇えるかもしれない』

すっかり経営者の頭になっている。

「それはそうですけど……」

『春には卒業が決まっているけれど、個人的にはもう少し研究を続けたいんだ。かと言って就職しないわけにはいかない。まさに願ったりかなったりだよ』

バイト中は聞いたことのない明るい声。だけど、心の中はきっと違うはず。

窓辺に行くと外からの冷気でひんやりしている。眼下にある線路はすでに廃線になっているのを利用し、観光用の電車を走らせていると一階に書いてあった。物事はいつか終わっていく。僕の旅も、学生生活も間もなく終着駅が見えてくるころだろう。

『――市橋くん』

思わず身を固くしたのは、耳に触れる声のトーンが下がったから。

『前から感じていたんだけど言うよ。市橋くんはさ、僕とオーナーの間になにかあると思っているんだろ』

「え……。いえそんなことは……」

とっさにうまい言い訳なんて思いつかない。ごまかしても仕方ないと腹をくくると、僕はカーテンを閉めベッドに横になった。

「――実は思っています」

『だろうね。市橋くんって考えが顔に出ているんだよな。最近まで俺と一緒のシフトになると困った表情のままだったし』

ズバリ言い当てられなにも言えなくなる。

『それでも最近は少しは俺の変人さにも慣れてくれたみたいでよかったよ。で、肝心の君の予想について話をすると、正解には程遠いと言わざるを得ない』

「……違うんですか？」

店のＬＥＤが光る中、三澤さんが葉子さんを見る目はいつも悲し気だった。高木さんがやって来た時も、ただ黙って立っているだけ。

『葉子さんのことは好きだよ。だけど、それは上司としてだけ。まぁ、あの元オーナーのことは、名前も言いたくないほど嫌いだけどね』

「それじゃあ本当になんでもないんですか？」

僕の質問に急に三澤さんは黙ってしまった。やけに長く感じる無音のあと、ため息が耳に届いた。

『……あるとすれば、親近感かもな。俺と葉子さんは同志みたいなものだから』

言葉とは裏腹に、さみしげな口調だった。

「同志ってどういう意味ですか？」

ベッドから起き上がると意味もなく部屋の中を歩き回った。

『同じ傷を負った同士ってこと。これ以上聞くなら、絶対に誰にも言わないと宣誓してもらわなくちゃな。パートさんみたいになんでも筒抜けで、さらに盛られては困っちゃうからさ。犬塚さんには困ったもんだよ』

あはは、と乾いた笑いに、

「誓います」

驚くほどのスピードで答えていた。もうすぐ卒業、バイトだってあと少しなのに首を突っ込む必要はないとは思う。

けれど、僕も三澤さんと一緒だ。過去に起きたことは、忘れたフリなんてできない。誰かに聞いてもらうことで、少しずつ風化させられるものだと知ったから。

『市橋くんがバイトに入る少し前に、元オーナーが駆け落ちしたのは知ってるよね？』

「……噂で聞きました」

少し間を取った三澤さん。

『駆け落ちをした相手ってのがさ……俺の彼女だった人なんだよ』

まるで天気の話でもするような軽い口調が耳から入り、脳で変換される。

「えっ！」

雷が全身を貫いたかと思うほどの衝撃に目の前が真っ暗になった。気づくと絨毯《じゅうたん》の上に座り込んでしまっていた。

「それって、バイトの女子学生っていう人……ですか？」

『ん』一文字で答えると、

『だから、俺と葉子さんは同じ被害者同士ってわけ』

「待ってください。そんなこと――」

『起きるんだよな、こういうことが。ほんと、人生ってたまにフェアじゃない』

なんでこんなに明るく話せているのだろう。信じていた人に裏切られたなんて、あまりにも悲しい出来事なのに。

『バイト先がコンビニじゃなかったらやけっぱちになってたかもしれない。葉子さんとあの事件については話をすることもないけれど、きっと同じだったろうな。どっちが取った取られたの話をするよりも、とにかく必死で働くことで毎日をやり過ごすしかなかったから』

上司と恋人が同時に目の前からいなくなる。葉子さんと同じように、三澤さんも苦しんできたんだ……。なんの悔しさか分からないまま唇をかんでいた。

「全然……知りませんでした」

『言ってないからね。ただ、時間が経つと分かるんだよ。彼女ばかりを責められないって。きっと俺にも反省すべき点がたくさんあった。彼女もまた、被害者なのかもしれないって、そう考えるようになったんだ。その答えを探しているうちに何年も経った感じ』

　無理して言っているんじゃないと分かる。彼は、自分の運命を受け入れたんだ。だから、仕事に対してはあんなに厳しいし、一生懸命でいる。

　葉子さんも同じようなことを言っていた。あれは、経験した人だからこそ言えるやさしさなんだ。

『ふたりがすぐに別れたことも知っていたよ。元オーナーは何年も前から店に現れていたから』

「最近のことじゃないんですか？」

『葉子さんに謝りだしたのは最近だね。それまでは黙って買い物をしていたよ。バイトはコロコロ変わるから、次第にあいつのことを知っている人もいなくなった。もちろん、俺の彼女のことも。俺ももう、関わらないことに決めたんだ』

　先日の夜のことを思い出す。三澤さんはなにかに耐えるようにじっとうつむくだけだった。どれだけ心が痛かったのか、僕なんかには想像できないほどだったはず。

「そんな思いをしたのに、どうして店を引き継ぐんですか？」

『やっぱりそこ気になるよな』

軽く笑った三澤さんが、

『ダメだったから』

そう続けた。

『彼女のことを忘れようと思っても、結局忘れられなかった。それは俺が思い出さないようにしていたからだと思ったんだ。やっぱり今でも好きなんだろうな……』

最後は自分に言い聞かせているように聞こえた。

「それなのに、まだ店に居続けるのって余計につらくないですか？」

『そういう感情も、忘れたかった記憶もちゃんと思い出してみようと思う。そのためには、あの店が存在してくれてないとな。願わくは彼女とまたあの店で再会して、やり直したい。なんて、ほんとバカだよな』

自嘲《じちょう》気味に笑う三澤さんの力になりたい。

「バカだなんて思わないです。三澤さんが選んだ答えなら全力で応援します」

あのノルウェーの旅でルーカスに言われた言葉を三澤さんに贈る。

同じように過去から逃げてばかりの僕たち。僕の出した答えも、三澤さんの答えも、葉子さんのも。どれも間違いじゃないと思った。

僕たちは迷いながらもいつかは答えを出すんだ。

ドアをノックする音がした。

「悠希。そろそろ出かけようよ」

すっかり元気になった碧。僕の答えは彼女だ。

僕も前に進む時が来たんだ。

オーロラ号は山道を登る。

「遠くからなら、この車がオーロラに見えるかも」

なんて冗談を言う碧を助手席に乗せて。町の明かりが小さくふもとに見える。なんだかあっちのほうが星空みたい。

「結局遅くなったね。昼間は順調だったのに」

運転に集中しながらそう言う。

「計画通りにはいかないよね。旅のしおりの予定通りにできていることなんてひとつもないもん」

「たしかに。でも、ここからは取り戻せるよ」

アクセルを踏み天文台を目指す。暗い夜空をのぼっているみたいだ。

「別に急がなくてもいいよ。星空よりオーロラを見たいから」

横顔の碧をちらっと見てから暗い夜道に視線を戻した。

碧はオーロラが見られるとまだ信じている。

そして、僕もまた碧のためにオーロラを見せたいと願っている。

誰かのためなら奇跡だって信じられる。碧が教えてくれたことだ。やがてオレンジの照明がほのかに光る建物が全貌《ぜんぼう》を現した。駐車場に車を停めると、僕たちはいそいそと車を降りた。

天文台には観光客の姿がちらほらあった。

「さすがに中は暑いね」

コートを脱ぎ大きめのセーターを右手にかけた碧と展示を見て回る。土日には、空気を膨らませたドームの中で簡易型のプラネタリウムが上映されるらしい。

みんなで見た人工の星空を思い出す。夏の星座クイズを考えたのが、遠い昔のことみたいだ。あれが恋のはじめだとしたら、今はどのあたりにいるのだろう。

碧も思い出しているのだろう、目を細めてドームの入り口を眺めていたが、やがて二階のあたりに目をやった。

「ねぇ、観望室に行ってみようよ」

「望遠鏡があるって言ってた部屋だっけ？　望遠鏡があっても天井が邪魔で見えないんじゃないかな？」

尋ねる僕に碧は、メモ帳を開きかけてからパタンと閉じた。

「行けば分かるよ。きっとこっちだよ」

メモに頼るのは止めたらしい。

中央にある階段をのぼる碧について行くと、すぐに『観望室』と書かれたプレートを見つけた。重いドアを開けると向こうからぞろぞろと観光客が歩いて来る。なんとかすれ違い奥へ進むと丸い部屋が現れた。中央には直径一メートルくらいの大きなレンズがついた白い機械が置かれている。これが望遠鏡らしいが、想像の何倍も大きい。

「すごいね、こんなに大きいんだね！」

うれしい悲鳴を上げ碧が望遠鏡に駆け寄った。

大きさに圧倒されながら見あげる。どうやら天井の上部が開閉するようになっているらしい。

けれど碧はなぜか望遠鏡から離れると、壁際に貼ってある写真へ足を向けた。まるで急に興味がなくなったみたいに思えた。

「ちょっとすみません」

うしろからの声に振り向くと白衣を着た男性が立っていた。

「うわ」

思わず声を上げたのも無理はない。その男性があまりにも杉浦教授に似ていたから。年齢は杉浦教授よりも少し下だろうが、双子の弟だと言われても納得できるほど。碧も同じことを思ったのだろう、「似てる」と小声でつぶやいて僕を見た。

男性は不機嫌そうに眉間《みけん》に寄せたシワを濃くした。

「下に書いてあったと思うけど、観望室はこの時間で終わりだよ」

男性の胸元にある名札には『坂根』と書かれている。昨日の係員が言っていた『気まぐれなところがある』担当者だろう。苗字《みょうじ》も杉浦じゃないし、声も似ていなかった。

「外の展望台は行けるけど、この部屋だけは閉めることになっているんだ」

気まぐれというか愛想がない。

「すみません。案内を見逃していたみたいです」

素直に言う僕に、

「時間がないから早く閉めたいんだけど」

なんて言ってくる坂根。急いでいるのか足先がソワソワと動いていた。とりあえず客商売には向かない人のようだ。碧が僕の腕を引っ張った。

「ね、悠希。もう行こうよ」

「でもせっかく——」

「私たちの目的はここで星空を見ることじゃないでしょ。オーロラを見に来たんだから」

ニッと笑う碧。視界の端で坂根が声には出さずに『あっ』と言ったのが見えた。不思議に思い顔を向けるとサッと目を逸《そ》らされる。

「別になんでもないよ」

ひと言も追及していないのにそう言うってことは、なにかある証拠だ。碧も同じように感じたのか、首をわずかにかしげた。

「私たち、オーロラを見に来たんです」

「へぇ……」

「この町ではオーロラが観測できるんですよね？」

「ああ……」

反応がおかしい。もう一度碧と顔を見合わせた。

「すみません。なにか隠していますか？」

僕の質問に坂根は「なっ！」と響き渡る声で驚いた。

「なにも隠してなんかいない。そもそもオーロラなんて見たいと思ってすぐに見られるもんじゃないんだ！」

「でも」と僕は口を開いていた。

「日本で見るにはここが一番だって聞いたんです。確率がゼロなわけじゃないですよね」

「うっ――」

食べ物が喉《のど》に詰まったような音を出した坂根がブンブンと首を横に振った。

「ゼロじゃない。だけどたまたま来た観光客に見えるほど甘くはないんだよ。ほら、ここ見て」

つかつかと壁際にあるプレートに歩み寄ると坂根はそのひとつを指さした。なにやら年号と日付が記されてある。

「この天文台でオーロラを観測できたのはこの二十年でこれだけしかない。二〇一〇年代に入ってからはたったの二回しかないんだよ。それくらい貴重なものなんだよ」

たしかに十回程度の日付しか記されてはいない。

「僕はね、またここで観測できる日を信じて、来る日も来る日もオーロラベルトばかり観察している。できないノルウェー語で現地の人とやり取りをしたり、空気がどれだけ澄んでいるかを一時間ごとに測ったり。それくらい努力しても全然、観測できないんだ。緯度の低い日本でオーロラなんて滅多に見られないんだよ！」

はあはあ、と肩で息を切った坂根が「とにかく」と顔を近づけた。

「今日は忙しいんだ。帰ってくれないか」

絶対に嘘をついている。碧も同じ考えなのだろう、その場から動かずに口を開いた。

「……怪しい」

「なっ」

「坂根さんってきっと学者とかですよね？」

「違う。大学の非常勤講師だ。それも地球物理学って言って……。まぁ君たちには分からないだろうけど」

けど、の部分を吐き捨てるように言った坂根。

「普段はすごく無口っぽいのに全力でしゃべっていました。ということは、なにか隠しているってことです」

「し、失礼だな！」

傍《はた》から見て分かるくらいに坂根は動揺している。額に丸い汗がいくつも浮かんでいるのを見て、僕も碧の推理に賛同した。

「坂根さん。僕たちも大学で地球物理学を専攻しています。だからこそ、ここに来たんです」

そう言うと、坂根は「えっ」と初めて聞く高い声を出した。これは……ひょっとしたら奇跡が起きるのかもしれない。

「失礼ですけど……坂根さん、杉浦教授のことご存じなんですか？」

例えば坂根は杉浦教授の元教え子で、彼を尊敬して地球物理学の非常勤講師になったとか。だとしたら雰囲気が似ているのも納得できる。

「いや、そんな人は知らない」

あっさりと希望は消されてしまった。が、さっきよりも少し落ち着いた顔をした坂根は大きな音を立ててため息をついてから僕を見た。

「実は、ここだけの話だけど……」

そこで言葉を止めた坂根は、あたりを見回してから僕たちを手招きした。彼のそばに体を近づける。奇妙な沈黙のあと、坂根は口を開いた。

「今夜、この町にオーロラチャンスが来ている」

「えっ！」

碧の上げる声に、

「静かに！」

坂根は短く注意した。碧は自分の口を両手で押さえて声を閉じ込めた。

「日本で観測できるオーロラは『低緯度オーロラ』と呼ばれるもので、いろんな条件が複雑に絡まないと出現しない」

無言で首を縦に振る。碧も同じように目を見開いてうなずいている。

「しかも一月に観測されることはレアだ。僕が知っている限りでは、一月に低緯度オーロラが見られたのは一九三八年が最初で最後だろう」

「それが……今日？」

おもしろいくらい自分の声が震えていた。しかし、坂根は首を横に振る。

「それはまだ分からない。ただ、ここ数年で一番可能性が高いんだよ」

「すごい！」

きゃあ、と飛び跳ねる碧に、坂根が「こら！」と声を出した。

「大声を出すんじゃない！　もし観測できたなら大発見なんだぞ」

なるほど、坂根はその大発見を独り占めするために観望室を早めに閉めたということか。

「僕の予測では夜中の十二時ごろ、この辺りは快晴になる。いや、夜だから快夜……？　とにかく、短い時間だろうけれど見られる可能性があるんだ」

「十二時……」

五時間後だ。長いようで短い。

わざとらしくため息をついた坂根が両腕を組んだ。

「しょうがない。君たちもここで一緒に観測をさせてやろう。ただし、邪魔だけはするなよ」

「いえ、大丈夫です」

間髪を容《い》れずに碧が言ったので驚く。

「せっかくだから見せてもらおうよ」

「そうだ。こんな機会は二度とないぞ」

男性ふたりの声にも碧は首を横に振る。

「今日、オーロラチャンスがあると分かっただけで十分です。私たち、肉眼でしっかりと見たいんです」

キッパリと口にした碧が頭を下げた。

「ここに来てよかった。本当にありがとうございます！　坂根さんっていい人ですね」

一瞬顔を赤らめた坂根がごまかすようにシッシッと手で追い払うしぐさをした。

碧が僕の手を強く引っ張った。彼女の興奮が手を通じて伝わってくる。

「行こう」

「あ、ありがとうございました！」

駆けるように部屋をあとにする。どんどん僕の手を引っ張って碧は走る。長い髪がまるでダンスをしているみたい。

そんなことを思いながら、僕も、走る。

まだ時間はたっぷりあるというのに、僕たちは急いで町へ降りた。

夜には早い時間なのに開いている店は少なく、小さな居酒屋で夕飯を済ませることに。カウンターと四人掛けのテーブルがふたつしかない店内には、演歌が大音量で流れていた。

注文を済ませてホッとひと息つく。

「そういえば、さっきの坂根さんさ——」

「シッ」

僕の唇を碧が指で押さえるから息を呑《の》んでしまう。

「その話はここでは……」

声を潜める碧に神妙な顔でうなずいた。なんだか映画に出てくるスパイみたいだ。冷静を装う碧だったけれど、さっきから何度も時間を確認している。僕も気持ちがフワフワしてしまって落ち着かない。

出された唐揚げ定食を見て、『そういえばこれを頼んだっけ』と思い出すほど。日本節の歌をバックに無心に食べる。これほど無言で誰かと食事をとったことがないほど、ただモクモクとパクパクと。

不思議と不安はなく、大きな唐揚げをほおばる碧とたまにほほ笑み合う。

考えていることが同じというだけで安心感があるんだな。

外でオーロラを待つことにして、いったんホテルへ戻り装備を整える。できる限りの厚着をして再度集合するとふたりとも雪だるまみたいに丸くなっていた。

コンビニで買うのは、温かい飲み物とお菓子。そして、スマホの簡易バッテリー。これは碧が『寒いところだと充電がすぐになくなっちゃうんだって。例のものを撮影できないと困るでしょう』とささやくように主張したから。

親指を立て、僕は合意を示した。

車に乗り込む前に空を見上げた碧が難しい顔をしている。空には黒い雲が広がっていた。

「予報だと晴れのはずなのに……」

唇をかむ碧。車のロックを解除すると、その表情のまま僕を見た。いつも強気な碧だったのに、さすがに緊張しているのだろう。

「大丈夫。信頼できる助手が『快晴』って言ってたんだから」

「助手？」

「坂根さん」

「あ、その名前言っちゃダメ！」

慌てて車に乗り込む僕。助手席に乗って横目でにらむ君。

エンジンをかけると僕は言う。

「さぁ、オーロラを見つけに行こう」

迷いなんて、どこにもなかった。

黒い空にうっすらと星がまたたいている。

雲は相変わらず上空を覆っているけれど、視界のはしっこにある月にはかかっていない。風が弱いのか、さっきから同じ位置に雲があるように思える。

天文台の明かりは消えてしまったけれど、月明かりはさっきよりも強くなったみたい。僕たちが寝転ぶ丘の斜面に白い光がサラサラと降っている。

時折モーター音が聞こえる。ここから観望室は見えないが、おそらくドーム型の天井を開き、坂根が望遠鏡を操っているのだろう。

時間は……。スマホのバックライトで確認すると、午後十一時三十分を過ぎたところだ。話し込んでいるうちに時間はあっという間に過ぎたみたい。

「寒くない？」

隣で寝ころぶ碧に体ごと向けて尋ねる。

「むしろ着すぎで暑いくらい。顔は寒いけど目が覚めてちょうどいいの」

毛糸の帽子にマフラー、ジャンパーにコートを重ねた碧の横顔が月の光に溶けてしまいそうに思えた。

「早くオーロラ現れないかなぁ」

「もう少しだね」

そう言う僕を見て碧は目を細めた。

「うれしいな。悠希もちゃんとオーロラが見られるって信じてくれている」

「もちろん」

碧は上空に視線を戻した。静かすぎる世界は風の音も聞こえない。耳を澄ませば雲の向こうで輝いている星の音さえ聞こえそう。

体を仰向《あおむ》けに戻すと果てしない距離の空が近くに思えた。手を伸ばす。思いっきり伸ばすけれど、やっぱり届かない。地面におろす手に乾いた草が触れる。

「不思議だな……」

勝手に口から言葉が漏れていた。

「なにが？」

「なんでもないよ」

口をつぐむと、

「こんな夜くらい、いいんじゃないのかな」

碧の声が聞こえた。

「オーロラが見える夜くらいなんでも話していいと思うよ」

「……そうだね」

そう言いながらもこの気持ちをなんと表現していいのか分からない。

「思ったまま話してみて」

魔法の言葉に僕は目を閉じた。

「高校二年生の事故の時さ……自分の心も彼女と一緒に死んだと思ってたんだ」

胸いっぱいに深呼吸をすると、冷たい空気が肺に気持ちよかった。

「だから死んだように生きていた。そして思い出した。彼女がオーロラを見たがっていたことを。だから大学に入学した年の冬にノルウェーに行った。それは話したよね？」

「うん」

「ノルウェーでオーロラを見たいと願った。もしも見られたなら、ずっと彼女を思い続けるつもりだった。だけど、オーロラは見られなかった」

今なら分かる。あれは、彼女があえて見せなかったんだと。過去にすがりついてうずくまる僕の背中を押してくれようとしたんだ、と。

そういうやさしい人だったから。

「結局、僕は彼女のことを忘れたフリをした。生きていくためにはそうするしかなかったんだと思う。でも、ノルウェーに行ったことは無駄じゃなかった。大学にもちゃんと行くようになったし」

もう碧の声は聞こえなかった。

「でも、心の中はあいかわらず温度がないままだった。このまま流されるように就職して社会に吐き出され、やがて腐っていく。そう思っていた。それでいいと思った。だって彼女のいない世界を生きても意味はないから。もうここにはいないから」

月が雲に隠れ、世界が色のトーンを落とした。暗闇に紛れて隣をそっと見る。

「え……」

碧の目から涙がひとつこぼれるところだった。かすかに反射し、きらめき、流れていく。

「どうして碧が泣くの？」

「やっぱり似ているから。私と同じように生きている人がいるって思ったから」

涙声の碧が大きな目で僕を見た。

「そうだね。僕たちは似ているんだよね」

僕は周りの世界を拒否し、碧は誰かを助けることで救いを求めた。傷から目を逸《そ》らせているのは同じなのに。

ポケットを探った碧が、

「手、出してくれる？」

やさしい声で言うので左手を広げた。

そこに載せられたのは、

「え、これ……」

ノルウェーで買ったキーホルダーだった。そっか、碧が拾おうとしてくれたんだっけ。

「ここにいるんだよ」

碧はそう言った。戸惑う僕に、碧は指先でキーホルダーに触れた。

「悠希の彼女はここにいる。私たちと一緒にオーロラを待っているんだよ」

「……そうかな」

「そうだよ。彼女は悠希が必死で立ち直ろうとしているのを見てくれていると思う。だから、安心していいんだよ」

ふいに体が軽くなった気がした。

「僕は……前に進んでいいのかな」

体を横向きにし、まばたきでうなずいてくれた碧に手を伸ばす。碧が胸に顔をうずめた。長い髪に初めて触れることができた。

「碧のことが好きだよ。誰のことも好きにならないと決めていたのに、もう自分をごまかせないくらい好きなんだ」

「……先に告白したのは私だよ」

くぐもった声に抱きしめる腕に力を入れた。

急にあたりが明るくなった気がした。顔を空に向けると、さっきよりも明るい空が広がっている。星空が夜を蒼《あお》く薄めているみたい。それは、無数にきらめく星のせい。

「見て、雲が消えたよ」

「ほんとだ」

流れ星さえ見つけられそうで目をこらすけれど、飛行機のライトをひとつ見送るだけ。スマホのアラーム機能が震え、午前○時を知らせた。

「奇跡が起きるかな」

そっとつぶやくと、碧は「ううん」と言った。

「奇跡じゃないもん。絶対にオーロラは現れるんだから」

「緑色の？」

「そう、オーロラと言えばその色しかないから」

抱きしめ合ったまま夜空を眺める。時間だけが過ぎていく。

風が出てきたらしく、急に地面の冷たさがリアルに感じられた。

「……ダメなのかな？」

碧の声が聞こえる。

「だって約束したよね？」

「うん」

僕の腕の中でうなずく碧を大切に思う。碧が弱気になる時は僕が励ましたい。今はまだ、傷ついた者同士が癒《いや》し合う関係でもいい。

空の遠くにいる君はそんな僕をきっと許してくれる。

――ねぇ、そうだろう？

碧のためだけに願うよ。どうか神様、オーロラを見せてください。弱い僕たちにこの世界を生きる力をください。

碧も祈っているのだろう。キュッと強く目を閉じているのが伝わる。

ふいに。そう、それはふいに起きた変化だった。

違和感に目を開けると夜空の一点が割れたように見えた。見る見る間にそこから煙のような朱色が生まれ出している。既視感が、天文台で見た写真パネルに重なった。

「――見て」

ささやくような声になってしまう。

夕焼け色は燃える赤に変わり、あっという間に夜の空を染めだす。

僕たちはどちらからともなく立ち上がっていた。

「これが……オーロラ？」

大きな声を出せば消えてしまいそう。

「うん。すごいね……」

夜空に大きなカーテンが広がっているみたい。ゆらゆらと風にそよぐように秒ごとに変化する空はあまりにも赤くて、まるで現実のことじゃないみたいだ。

赤い靄《もや》の向こうに星たちがきらめきを増すように光っている。

碧がオーロラを見ることができた。そのことがただうれしかった。

赤色は少しずつ色を落とし夜空の黒に溶け込んでいるみたい。あまりにも短すぎるけれど、それで十分だと思った。

「待って。消えないで！」

急に碧がしゃがみこむとバッグを漁《あさ》りだす。

「写真なら僕のスマホで撮るよ」

そういう僕に碧は「違うの」と悲痛な声で言った。

「悠希と約束したから。緑色のオーロラを見せるって約束したから！」

「これでもすごいことだよ」

「ダメ。ダメなの！」

立ち上がった碧が手になにかを持っている。それは、いつも碧が使っているオーロラ色の下敷きだった。

手渡された下敷きを空にかざす時、僕はもう泣いていた。

そこにはずっと心に描いていた輝くほどのオーロラがあったから。緑色の世界の中に、さらに蛍光色で光る緑がある。

涙があふれるのを我慢して目をこらす。今しか見られないオーロラをまぶたに焼きつけたかった。

「キレイだね。本当にオーロラが見られたんだね」

「約束……したから」

涙声の碧がここにいる。だって、僕たちはあまりにも似ているから。

「ねぇ」

碧がささやく。

「悠希の好きだった人も、きっと同じオーロラを見ているよ」

——ありがとう。

空の向こうにつぶやく。僕はこれから新しい毎日を送ろうと思うんだ。それはきっと今はもういない君がくれたプレゼント。

今、僕の隣にいる彼女を守っていこうと決めたよ。

僕たちはオーロラが世界から消えても、いつまでも空を見続けた。

【エピローグ】

「ありがとうございました」

笑顔で頭を下げると、風が店内にくるりと舞い込んで壁のポスターを揺らした。この間までは寒かったのに、早朝というのに風が気持ちいい。

もう春も終わりに近づいているんだな。

気の早い『七夕まつり』のポスターに苦笑していると、

「お疲れさま。上がっていいよ」

バックヤードから三澤さんが出て来た。最近髪を伸ばしているのはいいけれど、ひどい寝癖がついている。よく眠れたらしい。

「しかしゴールデンウィークは問題だな。パートさんがみんな休んじゃうし、学生は帰省しちゃうしで、俺たちはいつ休めばいいんだよ」

ボリボリと頭をかいた三澤さんが大きなあくびを生んだ。僕もつられて右へ倣え。

三澤さんは最近メガネからコンタクトに変えたらしい。鋭い目が嫌いだと言っていたけれど、パートさんからは大好評だ。

「人件費が浮くからいいじゃないですか」

「バカ言うなよ。うちは大黒字でやってる。人件費なんて全く問題ない」

胸を反らした三澤さんが視線を外にやると、

「あれ、今夕方だっけ？」

すっとんきょうな声を上げたので笑ってしまう。

「朝の五時です。あれは朝焼けですよ」

赤い空はいつだってあのオーロラを思い出させる。翌日は全国ニュースでやっていたのに、今では話題に出す人もいなくなった。

足早に毎日は流れ、僕たちはその流れに流されて生きている。それでいいと思える自分になれたことが心地いい。

世間があの赤い写真を忘れても、あの夜、僕たちはたしかにオーロラを見た。それこそが大事なことだと今なら分かる。

「寝過ごしたかと思って焦ったよ」

最近三澤さんはよく笑うようになった。きっと三澤さんも僕に対して同じことを思っているだろう。

「なあ、市橋くん」

急に改まった口調になる三澤さんに、

「はい」

と答えた。

「しつこいようだけど、本当にここに就職してよかったのか？　内定まで蹴《け》ってさ。なんか罪悪感があるんだけど」

この話は夜勤のたびに一度は出る。いわば、恒例行事のようなもの。

「三澤さんのためじゃありませんって。内定を辞退してから就職活動をしていたのを助けてもらったんですから、感謝しているんですよ」

あの夜、オーロラに誓った約束。僕は碧のいるこの町で生きていくと決めたんだ。自分の意思で未来を決められたことが誇りにすら思えている。

「それに、共同オーナーって響き、なんかかっこいいじゃないですか」

追加でそう言うと、三澤さんは肩をすくめて拗《す》ねたような顔をしている。

「お疲れ様でした」

頭を下げて朝焼けの広がる外に出る。今日もこのあと遅番から出勤することになっているため、早上がりをさせてもらったのだ。

空はまだ燃えている。こんなすごい朝焼けを、いつか碧と一緒に見たい。毎日はいろんな願いであふれている。そのどれもが輝いていてまだ見ぬ未来への道しるべになっている。そして、毎日の中心にはいつだって碧がいる。

「悠希、おはよう」

建物の向こうからひょっこり顔を覗《のぞ》かせたのは碧だった。

「おはよう」

と自然に返す僕がいる。ぷうと頬を膨らませた碧が全身を現した。春物のピンクのコートがよく似合っている。

「ずっと隠れてたのに普通の反応はつらい……。驚かそうと思って来たのにつまんないの」

「そんな気がしたから」

おいで、と右手を出すと碧は素直に握ってくれた。

「来てくれてありがとう」

「うん」とうなずく碧の瞳《ひとみ》が僕だけを見ている。

「目が覚めたら朝焼けがすごかったの。それでね、一緒に見たいなって思ったの。走って来ちゃった」

僕も同じことを考えていたよ。

「下敷きは持ってきてないの？　この空ならきれいなオーロラになりそう」

「うん。もう、下敷きは必要ないから。私ね、オーロラだけじゃなくていろんな空を悠希と一緒に見たいって思ったの」

僕たちは迷いの中で出会った。

最初は互いの傷をいやすためだったのかもしれない。けれど、今は違う。あの日々が無駄だったとは思わない。

すべてのことは、今につながっているとようやく思えたんだ。

「これからいっぱいいろんな空を見よう。約束するよ」

「約束？」

「そう、約束」

肩を抱くと碧は僕の腕の中でうれしそうに目を細めた。夕焼けに照らされたみたいな頬。長い髪が水面《みなも》のように光っている。

朝焼けの朱色。

雲ひとつない青空。

暮れゆく藍色《あいいろ》、灰色の雨空。

白い雪空、またたく星空も。

君と一緒ならどんな色の空でも美しく見えると、僕はもう知っているから。

あとがき

ひとり旅は好きですか？

私は学生時代から貯金もせず、ひとり旅をするのが好きでした。日本国内はもとより、台湾、タイ、シンガポールなどへトランクひとつ持って旅をしてきました。どこがいちばん好きな国かと尋ねられると悩みますが、タイにあるサムイ島や古代文明の軌跡が今も残るエジプトは何度行ってもお腹いっぱいにはなりません。

そんな私が次に選んだのはノルウェーでした。

最初は深い意味はありませんでした。仕事でまとまった休みが取れることになり行き先を選んでいる時に、たまたま知り合った方から勧められたのがきっかけでした。

偶然は重なるもので、直後に雑誌でオーロラの写真を見たり、雑貨屋で見つけた小物がノルウェー産だったりしたことにより、「これは行くしかない」と気持ちは固まってきました。

さらに、日本でもオーロラが観測された場所があることを知ってからは、頭のなかで物語が浮かびはじめていました。

日ごとに動き出すキャラクターたち。この物語を紡ぎたい、と北海道とノルウェー両方への旅を決意しました。

北海道でいちばん印象に残っている出来事はひどい迷子になったことです。道を尋ねた私に現地の方が目的地までついてきてくださり、さらに案内までしてくれました。ノルウェーでの旅でいちばん印象に残っているのは、誰もがニコニコしていたこと。コンビニの店員もコーヒーショップの見事なヒゲの男性も、一様に人懐っこい笑みを見せてくれました。

ひとり入ったレストランで隣の席になったのは、現地で英語ガイドの仕事をしているというルーカスと名乗る男性。身振り手振りで町のことをわかりやすい英語で教えてくれました。

他にも、北海道では天文台の女性や腹痛で駆けこんだ内科の医師、キツネの写真を撮っているという旅行者。ノルウェーではツアーガイドや少数民族について説明してくれた方など、旅はいつだって誰かとの関わりで鮮やかな思い出に変わります。

そして私に物語を描く力をくれるのです。

この作品の主人公はけっしてうしろ向きな性格ではなく、過去を乗り越えようともがき、苦しみ、気づけばスタート地点に戻っているような男子です。

　書いているうちに主人公は私になり、私が主人公になるという不思議な感覚でした。実際、編集部へ電話をかけ『主人公の性格を変えたい』とお願いして、より自分に似たキャラクターに変更までしました。

　主人公とともに北海道とノルウェーを旅したことで、この物語は私にとって忘れられない作品になりました。

　悲しいのは自分だけじゃない。誰もが忘れたくても忘れられないこと、人、思い出のなかで毎日を生きているのだと、旅を通じて私自身も教えてもらった気分です。

　静岡、北海道、ノルウェーという三つの都市を舞台にした物語を楽しんでいただけますように。そして、彼の出した答えを見守っていただければ幸いです。

　最後になりますが、今回の旅で関わってくださった皆様に心から感謝いたします。

　いつか、どこかで再会できる日を楽しみにしています。

本書は書き下ろしです。
この作品はフィクションです。実在の人物、団体等とは一切関係ありません。

君《きみ》がオーロラを見《み》る夜《よる》に

いぬじゅん

令和2年 3月25日　初版発行
令和6年 2月25日　再版発行

発行者●山下直久

発行●株式会社KADOKAWA
〒102-8177　東京都千代田区富士見2-13-3
電話　0570-002-301(ナビダイヤル)

角川文庫 22094

印刷所●株式会社KADOKAWA
製本所●株式会社KADOKAWA

表紙画●和田三造

ISBN 978-4-04-109180-7　C0193

◆◇◇

角川文庫発刊に際して

角川源義

第二次世界大戦の敗北は、軍事力の敗北であった以上に、私たちの若い文化力の敗退であった。私たちの文化が戦争に対して如何に無力であり、単なるあだ花に過ぎなかったかを、私たちは身を以て体験し痛感した。西洋近代文化の摂取にとって、明治以後八十年の歳月は決して短かすぎたとは言えない。にもかかわらず、近代文化の伝統を確立し、自由な批判と柔軟な良識に富む文化層として自らを形成することに私たちは失敗して来た。そしてこれは、各層への文化の普及滲透を任務とする出版人の責任でもあった。

一九四五年以来、私たちは再び振出しに戻り、第一歩から踏み出すことを余儀なくされた。これは大きな不幸ではあるが、反面、これまでの混沌・未熟・歪曲の中にあった我が国の文化に秩序と確たる基礎を齎らすためには絶好の機会でもある。角川書店は、このような祖国の文化的危機にあたり、微力をも顧みず再建の礎石たるべき抱負と決意とをもって出発したが、ここに創立以来の念願を果すべく角川文庫を発刊する。これまで刊行されたあらゆる全集叢書文庫類の長所と短所とを検討し、古今東西の不朽の典籍を、良心的編集のもとに、廉価に、そして書架にふさわしい美本として、多くのひとびとに提供しようとする。しかし私たちは徒らに百科全書的な知識のジレッタントを作ることを目的とせず、あくまで祖国の文化に秩序と再建への道を示し、この文庫を角川書店の栄ある事業として、今後永久に継続発展せしめ、学芸と教養との殿堂として大成せんことを期したい。多くの読書子の愛情ある忠言と支持とによって、この希望と抱負とを完遂せしめられんことを願う。

一九四九年五月三日

魔女と思い出と赤い目をした女の子

サクラダリセット2

河野 裕

未来を監視する「魔女」の真意は?

思い出に浸って生きる男・佐々野《さ さ の》は写真の中に入る能力を持っていたが、赤い目をした女の子によってその力を封じられていた。ケイは彼が持つ写真に、かつて自身の失敗で死なせてしまった少女が写り込んでいるのを発見する。少女との再会のために、佐々野の能力を取り戻そうとするケイ。だが彼と春埼《はるき》の前に「魔女」を名乗る女性が現れたとき、偶然に思えたすべてが意味を持ち始めるのだった。緊迫の頭脳戦を描く、シリーズ第2弾。

角川文庫のキャラクター文芸

ISBN 978-4-04-104189-5

夏の塩

魚住くんシリーズ I

榎田ユウリ

あの夏、恋を知った。恋愛小説の進化系

普通のサラリーマン、久《く》留《る》米《め》充《みつる》の頭痛の種は、同居中の友人・魚住《うおずみ》真澄《ますみ》だ。誰もが羨む美貌で、男女問わず虜にしてしまう男だが、生活力は皆無。久留米にとっては、ただの迷惑な居候である。けれど、狭くて暑いアパートの一室で顔を合わせているうち、どうも調子が狂いだし……。不幸な生い立ちを背負い、けれど飄々と生きている。そんな魚住真澄に起きる小さな奇跡。生と死、喪失と再生、そして恋を描いた青春群像劇、第一巻。

角川文庫のキャラクター文芸

ISBN 978-4-04-101771-5

カブキブ！1

榎田ユウリ

経験不問。カブキ好きなら大歓迎！

高校一年の来栖《くるす》黒悟《くろご》（クロ）は、祖父の影響で歌舞伎が大好き。歌舞伎を部活でやってみたい、でもそんな部はない。だったら創ろう！と、入学早々「カブキブ」設立を担任に訴える。けれど反応は鈍く、同好会ならと言わせるのが精一杯。それでも人数は５人必要。クロは親友のメガネ男子・トンボと仲間集めを開始。無謀にも演劇部のスター、浅葱《あさぎ》先輩にアタックするが……!?　こんな青春したかった！　ポップで斬新なカブキ部物語、開幕！

角川文庫のキャラクター文芸

ISBN 978-4-04-100956-7